quatro destinos,
menos um

Ronaldo Brito

quatro destinos, menos um

ILUMINURAS

Copyright © 2021
Ronaldo Brito

Copyright © desta edição
Editora Iluminuras Ltda.

Capa e projeto gráfico
Eder Cardoso / Iluminuras

Revisão
Monika Vibeskaia

CIP-BRASIL. CATALOGAÇÃO NA PUBLICAÇÃO
SINDICATO NACIONAL DOS EDITORES DE LIVROS, RJ
B877q

    Brito, Ronaldo, 1949-
      Quatro destinos, menos um / Ronaldo Brito. - 1. ed. - São Paulo : Iluminuras, 2021.
    114 p. ; 21 cm.

    ISBN 978-65-5519-099-1

    1. Contos brasileiros. I. Título.

21-73352   CDD: 869.3
CDU: 82-34(81)

Meri Gleice Rodrigues de Souza - Bibliotecária - CRB-7/64392021

EDITORA ILUMINURAS LTDA.
Rua Inácio Pereira da Rocha, 389 - 05432-011 - São Paulo - SP - Brasil
Tel./ Fax: 55 11 3031-6161
iluminuras@iluminuras.com.br
www.iluminuras.com.br

Índice

quatro destinos, menos um

Memórias Póstumas Jr., 11
Perdidos no círculo, 53
O mundo do mundo, 95

destinos...
R. B., 109

quatro destinos, menos um

Occorrono troppe vite per farne una.
Eugenio Montale

Memórias Póstumas Jr.

Fala pouco, um miau aqui, uma palavra ali, resmunga bastante. Mora comigo, não, mora aqui em casa. Gordo ao natural, ninguém o chamaria bonachão, tampouco ranzinza. É um gato sóbrio, vira-lata, cioso entretanto de suas origens imperiais. Há muito curei-me da mania fútil de lhe sondar o espírito. Desconfio dos calados, em geral não têm mesmo nada a dizer. Sob pretexto do sábio silêncio, o exame ponderado, cachimbo ao canto da boca, pequenos movimentos de cabeça, concordando, duvidando, talvez, talvez, quem sabe. Abanando o rabo ou a cabeça em sinal de reflexão. Desconfio dos calados, repito. Não é o caso do gato. Quando em noites de chuva dividimos o vinho, fala um bocado, sempre do passado, sem menção ao presente ou ao futuro. Com o álcool, mistura três ou quatro, às vezes cinco vidas. Quando chega nesta conta, sei que deixou-se levar pelo entusiasmo. O tom é suspeito. No auge da conversa, invariavelmente, sai sem um boa-noite sequer, recolhe-se a seus aposentos, para gastar a expressão consagrada. Ainda assim, gosto, quebra um pouco a rotina: todo o tempo eu a ler num canto, ele noutro. Eu a ouvir música séria; ele, sem eu saber se ouve ou não, se gosta ou desgosta, e até se domina o conceito de música. E, no entanto, mais de uma vez o surpreendi assoviando, após noitadas bem-sucedidas. Era uma das minhas dúvidas perenes. Quando ouço um jazz discreto, civilizado, como convém à idade, abandona a sala. Não digo que corra, esbaforido, apenas abandona a sala. Entre nós há um acordo tácito, comum a dois senhores: nada de perguntas. A cada qual suas obrigações, seus deveres kantianos, respeito mútuo. Neste ponto, é preciso reconhecer, a conduta de Memórias é impecável: nunca me fez uma única pergunta. O que, por outro lado, limita minha curiosidade. A música é só uma delas. Não sou nenhum abelhudo, pelo contrário. Nem idiota o bastante para supor que possa me desvendar o Ser do felino. Um gato vira-lata de Petrópolis, com pouca instrução. É verdade que o contratei em sítio nobre do Império: a cosmopolita avenida Ipiranga. É verdade também que supostamente viria dos jardins do palácio imperial, uma ilustre família de gatos vadios que remonta a quase dois séculos. Estava desempregado, emagrecido, o pelo fosco. Vivendo de biscates, não perdia contudo a dignidade. Posso vê-lo ainda, muito senhor de si, meditando com fome no pátio do edifício. O porteiro indicou-o para o cargo, com uma dúbia carta de recomendação de uma velha baronesa, dona de um solar meio decrépito lá no início da rua. Algum dinheiro terá passado na transação, por debaixo do pano. Quantia insignificante, fingi-me de bobo, o que não é difícil. Um tanto, bastante receoso, quase trêmulo na verdade, entreguei-o a Henriqueta, a todo-poderosa criatura a quem pago regiamente para lhe ser o súdito. Entreguei-o, se for este o verbo, e debandei, pretextando a aposentadoria atarefada. Não perguntem o que então se passou entre as históricas paredes da copa e da cozinha. Daí em diante e para todo o sempre. Jamais decifrei o conteúdo de verdade do relacionamento. Na aparência, observo um estrito decoro profissional, ares condescendentes de parte a parte. Está claro que, soberano, não quereria eu imiscuir-me em assuntos relativos a um domínio dentro do qual sou, a rigor, um estranho. Apesar da canja mandatória das noites de domingo no sossego da copa. Com a ponta indisfarçável de angústia que é o sal da vida. De propósito, ele fica a me espiar, preocupado. Além disso, sou estrangeiro, carioca desgarrado. Entendo o sentimento de superioridade, embora pueril, que lhes inflama (o verbo é exagerado) o espírito. Às vezes, ouço ruídos abafados, conversas surdas, e o mal-estar é quase palpável, dias e dias a fio sem se dirigirem a palavra. Mal-estar módico, provincial, porém. Os motivos me são alheios, inescrutáveis, nem me diriam respeito. Seria grave risco intervir, de leve que fosse, quem sabe perder um ou outro, talvez os dois. Contento-me com a posição privilegiada do observador imparcial. Ainda mais aprazível por desmentir-se a si própria e a sua presunção positivista, tão emblematicamente petropolitana, uma das taras notórias entre as inúmeras da família real — não faço ideia mínima, não guardo noção elementar acerca das duas criaturas. Confesso, cheguei a temer um conluio nesse sentido — uma série perversa de pistas falsas, tortuosas, contraditórias, que arruinavam sucessivamente minhas engenhosas conjecturas e conclusões prematuras. Foi um período difícil, miúdas decepções, manhãs amargas, noites assaltadas por suspeitas e dúvidas. Devo reconhecer que a pequena gravura de Goeldi não ajudava em nada. Justo ela, que me anima as noites com seu aspecto sinistro, doméstico e acolhedor. Nem o comissário Maigret, o obeso Nero Wolfe ou o *brandy* proverbial, bálsamos de comprovada eficácia universal, nem a fúria sublime de Beethoven, não haveria consolo para um orgulhoso intelecto derrotado. Por conta de um gato e uma velha empregada, por Deus! Não saí incólume da experiência, receio a todo instante uma recaída. Razão a mais, agarrar-me aos rigores da aposentadoria, ao trabalho insano de não fazer nada com método e afinco. E cumprir minha parte, como gostam de se reconfortar uns aos outros os bons cidadãos. Em momentos indulgentes, que os tenho como todo mundo, reafirmo a mim mesmo a audácia da tarefa que a ninguém — a ninguém, sussurro exaltado — resultaria simples e tranquila: conciliar um alto budismo zen e a rígida doutrina cartesiana. O decidido espírito positivo e o vício da contemplação inveterada. Fosse eu um frívolo, um volúvel de saídas fáceis, a solução por si mesma se impunha: iria para a Bahia. Escolho o caminho árduo — Petrópolis e seu glorioso passado iníquo, seu presente remoto, seu futuro especulativo, de teor imobiliário ou metafísico, pouco importa. E, em vez do cãozinho de praxe, carente e submisso, ruidoso, um gato altivo e cínico. Tampouco reclamo os méritos duvidosos do ostracismo, mero sucesso mundano invertido. De raro em raro, retorno à poesia juvenil. Decerto me auxilia o vinho, inspiro-me, leio em voz alta Pessoa, Cavafys e Keats até faltar-me o fôlego. Nessas horas, admito, Memórias Póstumas corre iminente risco de vida, ainda que não o saiba, do que sempre desconfio, grande simulador que é dos caminhos e descaminhos do mundo. Numa dessas madrugadas, impávido, com um sorrisinho sonso, assistindo ao que chama pelas minhas costas meus desvarios, acreditei ouvir algo assim, *coisa de maricas*. Um pontapé certeiro liquidou, momentaneamente, o assunto. Acordei disposto a tudo, um reles gato preto e branco, por que não despedi-lo, ele e seus sacrossantos direitos trabalhistas? A quem, sobre a rica ração, forneço sardinhas. Portuguesas. E escuto, tolerante, os três ou quatro infames ditos repetitivos, em francês, as únicas palavras que decorou da língua, ouvidas sabe-se lá de qual ancestral, morador, este sim, *do lado de dentro* do patético palácio afrancesado. Sem esquecer o estereótipo irritante, o típico dar de ombros gaélico, junto ao insuportável *buff*, com o qual pretende resumir sua atitude filosófica perante a vida traiçoeira, atroz, irremediável. A resmungar Montaigne, Montaigne, a quem não leu nunca. Francamente. Apesar dos pesares, antes isso a latidos histéricos, pondero, pondero e repito. Tudo menos um cachorro, a novela, a estátua do Cristo. Que não me ouça a devota Henriqueta, assídua da catedral, mormente a missa redentora do santo domingo. Já Memórias Póstumas, Memo para as muito íntimas, é um católico hipócrita e sem-vergonha, outro qualificativo não merece o meliante — frequenta somente a catedral noturna, seus jardins e suas escadarias, para atos profanos e conversas escabrosas. A sós com Henriqueta, na cozinha, faz-se contrito, de olho nos acepipes. Ela própria, piamente, tampouco lhe acredito, eu que de fato abomino, abominei ou abominava a religião e tudo o que ia consigo. Com o tempo, por ironia, confundem-se os particípios verbais, os pretéritos mostram-se incertos, indecisos. As convicções, os credos, as doutrinas e máximas de vida, em resumo, tudo o que um dia pautou um destino nítido e indiscutível. Uma existência saudável, doentia, voltada às mórbidas alegrias da arte e da poesia, da jurisprudência e da burocracia. Renegar tudo isso e ir vegetar na Bahia? Sob o sol abusado, irresponsável, frente ao mar exibicionista, a areia promíscua e sua dissipação irrefletida. Antes aqui, em meio aos restos de uma civilização malograda, junto a dois de seus remanescentes arquetípicos. Gosto de declarar-me abstêmio sexual: é mentira. Recebo a visita ocasional de duas ou três ávidas, quase escapou-me, insaciáveis senhoras caridosas. Todas as quatro mimam o gato de maneira indecente, escandalosa. De início, o tolo aqui ficava a contragosto cheio de si. Um toque inesperado, ligeiramente excêntrico, a destoar de um personagem insípido, parecido demais consigo mesmo. Um chato que talvez não o seja de todo, pelo menos não leva a passear duas vezes ao dia um ridículo totó. E somava à casa um atrativo. Elas o torturam com carinhos que ele odeia e troca, sem o menor escrúpulo, por latinhas de salmão e, o que deve lhes sugerir a suprema *finesse*, chocolates da *Katz*, a famosa *deli* da avenida. Quando se vão, Memórias mete as garras na imagem piegas do gatinho branco da embalagem até destroçá-la, a rir baixinho, satisfeito. *Ecce homo*. Uma delas, casada desde o dilúvio, infelizmente, mora em frente. O bichano maquiavélico quase alcança iludir-me: costuma acomodar-se confortável, languidamente, em seu colo macio. E ronrona, quero dizer, *finge* ronronar. Numa dessas frias tardes límpidas, lindas, que a serra de Petrópolis como em todo o cosmo nenhuma outra melhor ilustra, desvendei o pseudo-enigma: lá o surpreendo eu — porque a beleza do céu conduzira longe meus passos de costume estritos, circunspectos — em furtivo encontro com a gata branca e fofa, de extração asiática, adivinhem de quem. Isso aí, da recatada e fogosa vizinha. E é gata, também ela, casada de várias ninhadas. Por favor: detesto o moralismo, pouco se me dá que a coroa e a gata divirtam-se à grande. Até onde eu saiba, os dois maridos dedicam a grave aventura da existência à vulgar metafísica do futebol: consomem o misterioso curso do tempo a discuti-la. E a distorcem, irreconhecível, por via do culto fanático à cerveja. Mas a desfaçatez de Memórias Póstumas Jr., o frio calculismo, a *manipulação* em suma, fere a nossa ética kantiana compartilhada, confessa, explícita. Não posso chamá-lo às falas; seria, por meu turno, faltar ao imperativo, *ao respeito*, e assim incorrer em erro imperdoável. Dito isto, claro que me esbaldo, o enredo sobretudo me parece engenhoso, uma aula de economia política, a envolver-se todo em círculos e elipses. Impossível não evocar a corte e as escaramuças de sua libido desinibida. A meu ver, há que incluir também na gênese de sua conduta irregular a literatura. Desde que o adotei, de modo algum, desde que por aqui resolveu se estabelecer, o acesso à biblioteca lhe foi naturalmente facultado, sem ônus ou contrapartida. Pois muito bem, transcorridos quase dois pares de anos, só retirou de minhas ordenadas estantes dois escassos volumes — a clássica tradução de um autor modernista, cujo nome ora me elide, da *Madame Bovary*, de Flaubert, e *Os Maias*, de Eça de Queiroz, na célebre Edição do Centenário, de Lello & Irmão Editores, Porto, 1946, que respeita a grafia original. A princípio, neófito, estranhei a demora da operação por parte de um leitor voraz, capaz de me acompanhar em silêncio quatro, cinco horas seguidas debruçado sobre um livro. Não me ocorria, obtuso no que concerne ao cotidiano prático, as extremas limitações de intelecto do Gato e até, obviamente, suas minúsculas dimensões físicas. Proporcionalmente, quanto tempo não haverá de tomar-lhe percorrer uma página inteira! E páginas de prosa densa, com sofisticados zelos literários. Dobra minha secreta admiração, pessoa tão singular, debuxada em traços tão díspares. Esses dois romances incomparáveis oferecem talvez a chave de leitura de suas tramas picarescas, quem sabe forneçam ainda preciosos indícios com vistas a uma análise profunda da personalidade do gato. Figuro entre os que acham que somos, não o que comemos, sórdida concepção fisiologista, e sim o que lemos, o que gastamos a vida a ler. E, na verdade, Memórias leu apenas e tão somente uma ou duas páginas de cada um dos romances ao longo de nossa convivência. Pude constatá-lo pelas marcas inconfundíveis. Entretanto, nossas conversas o provam de maneira cabal, ele depreende daí *todo* o enredo e *toda* a moral do romance. Adivinha, infalível, o que irá acontecer e especula acerca dos possíveis, eventuais desenlaces. E entra, confiante, a lhes discutir os méritos. Quantas noites insones não o ouvi murmurar, *não, não, o escrupuloso, o meticuloso Gustave (Flaubert) não cometeria o despautério, soaria inverossímil...* Ou ainda, *a águia, o esperto Eça, jamais, jamais...* O seu forte, porém, é a penetração psicológica, a rápida intuição felina perante a sutileza dos caracteres. Não espanta caiam sempre de pé. Nada lhe parece sinuoso ou obscuro, toda e qualquer conduta, neurótica e aberrante, sublime ou pedestre, encontra explicação perfeitamente lógica e plausível. A mim me ocorre que, ignorando a gramática, se não a própria noção de língua, tenha ele acesso direto ao âmago das almas, intua num átimo o curso fatal dos destinos. Nem por um momento, arvoro-me a deitar cátedra, nadamos aqui em águas turvas. Trata-se de observação despretensiosa, passageira, diante de um fenômeno que ultrapassa minha área de competência crítica. Resisto, e o tenho feito com êxito até aqui, a esmiuçar meus compêndios psiquiátricos e jurídicos. Perdi uma noite ou outra, bem, uma semana, não vou negar, na empreitada vã e humilhante. Logo voltei a mim, como diz, sem saber bem o que diz, o vulgo. Não me custa admitir que o tenho em alta estima como discípulo de Hermes, a folclórica figura do hermeneuta. Se por acaso, pelos caprichos da sorte, sem que eu movesse palha, repartimos a mesma sala de leitura, por que não recorrer a seus extraordinários dons? Por que não, coloquialmente, pedir uma dica? Ainda que isso implique concessões extravagantes, barganhas, pequenas guloseimas e falsas promessas. Para minha felicidade, cedo percebi que, paradoxalmente, Memórias tem uma péssima memória. É o diabo negociar com um felino astuto, paciente, cruel, mestre dos disfarces e dos despistes. Faço o papel do camundongo. Vale a pena, eis a verdade cabeluda. Por exemplo: Ulisses. A soberana autoridade com que o gato descarta interpretações ilustres, centenárias algumas, em favor do sólido bom senso — sim, sim, não passa de um cabotino, o parque está cheio de gatos assim. Melhores, pois ainda estão vivos. No entanto, guarda sincera admiração por sua esposa, Desdêmona (*sic*), embora evidentemente não lhe guarde o nome. O seu herói literário, nem podia ser diferente, é Aires, o Conselheiro, a quem se acha ligado por estreitos laços de família. Qualquer nota, consignada nos papiros de sua árvore genealógica, que toma por sagrada, acerca do célebre gato de estimação do imortal Conselheiro. Fui paciente, polido, em atenção à sua mentalidade restrita de gato, nem pisquei à menção desse bichano intruso, impertinente, que não casa com a figura esbelta de Aires. Ou casaria, e Machado, por uma só vez, bobeou? Em todo caso, não releio mais o *Memorial*, nas quatro ocasiões regulamentares, em cada uma das estações, sem lhe acrescentar um gato, a quem nomeei, por picuinha, Ulisses. Memórias Póstumas encrespou-se, protestou indignado, qualquer passante — de Petrópolis, bem entendido — sabe que o gato se chamava Fidélio. Engana-se, lembrei, Fidélia é a viúva tesuda: retrucou que a viúva é que fora batizada em homenagem ao gato. Parei por aí, com medo de enlouquecer. A essa altura, estará patente ao leitor que Memórias considera indistintas realidade e ficção. Ficasse assim, tudo terminaria (relativamente) bem. Mas, não. Hierarquiza: as cenas da memória e da imaginação são infinitamente superiores, detêm um coeficiente de realidade muito mais expressivo. O quiproquó é aparente, nominal. O que denominamos realidade, erradamente a seu ver, é um corre-corre trivial e mesquinho. Muito, muito pouco dessa faina cotidiana virá a alcançar o *status* da Memória e da Tradição, na acepção insigne, petropolitana, do termo. Republicano e abolicionista, irrita-me sobremodo esse conservadorismo monarquista. Um sujeito que sustento, com quem divido o teto. Por outro lado, conheço meu lugar. Sou um meteco, sob risco constante da acusação mortal de arrivismo. Devo refrear meus impulsos, por exemplo, quando perambulamos pela magnífica avenida Koeller e Memórias Póstumas Jr. me aponta, reverente, o solar do Conselheiro. Ora, é público e notório que Aires nunca foi morador nosso; esporadicamente, subia a serra e hospedava-se, como rezava o figurino, no Bragança. E somente por breves interlúdios, mesmo no verão escaldante da cidade litorânea à qual evito referir-me. Durante um bom tempo, atribuí a impertinência ao sestro da implicância e da discórdia que o notabilizam. Quem sabe é da espécie, não do indivíduo, eu refletia. Hoje, convenci-me do contrário: na esfera do ideal, a única que resiste à escória do tempo, o Conselheiro Aires deveria com efeito habitar a distinta mansão. Um outro semideus, Jorge Luis Borges, isolado numa hostil comarca vizinha, me dispensaria razão integral. E até aplaudiria incongruências menores, ligeiras discrepâncias, impressões ilusórias de que me contradigo, de súbito mudo de opinião. Em absoluto. Em absoluto, insisto. Há que distinguir, sim, as duas perspectivas; porém, senhores, fatalmente elas se entrecruzam. Nós mesmos, em nossas acaloradas discussões, acontece invertermos as posições originais, e tudo acaba em galhofa e bulha. Austera, sisuda, Henriqueta Dias desaprova essa dialética divertida. Inútil tentar dissuadi-la. O ponto de vista religioso, sectário, foi, é e sempre será incompatível com o espírito aberto da filosofia. Já na época de Sócrates, que dirá em pleno Iluminismo! Mal profiro o vocábulo, tremo pelas consequências. É tabu. Não sofre Póstumas Jr. ouvi-lo sem miados irados que duram de dois a quatro minutos. Em se tratando de mente agilíssima, ferina, uma pequena eternidade. O gato fica puto, perde as estribeiras, não escuta a razão. Já lhe expliquei, vezes sem fim, em vão, a incoerência. Pois se é um ferrenho monarquista constitucional, um liberal à maneira d'Ele (o imperador), inexiste o cisma. Aprendo a controlar-me e procuro, isso sim, em doses homeopáticas, incutir-lhe a fé na República, que, a torto e à direita, vilipendia. Logo ele, um libertino, na acepção legítima do termo. Não obstante o temperamento sereno, a linguagem dócil e amena, que os meus *bons* leitores agradecem e apreciam, no fundo tenho a alma do contra. Tiro proveito das fraquezas inerentes a suas faculdades cognitivas. Sinto um prazer perverso em vê-lo acuado, vazio de réplicas e tréplicas, presa de raiva impotente. De imediato, perde a tão decantada pose felina, retira-se para a cozinha feito um cãozinho. Desmoralizado, passa a semana inteira na farra, a lamber as feridas. Foi-se o tempo em que, com sucesso, se fazia de vítima, esnobava a ração, a enroscar-se nas saias engomadas do clássico uniforme de Henriqueta, no intuito flagrante de me deixar culpado. Basta, basta, bradei numa hora morna do crepúsculo estival. O calor, o cachorro, a cidade da estátua cretina do Cristo, eis a minha santíssima trindade negativa. O gato, insensível, nem está aí — subsume o universo ao estômago e ao cio. Em minha opinião — opinião de herege, Henriqueta sublinha —, Memórias desconhece o amor. Nunca o vi suspirar, nunca. Em relação às mulheres, é o prototípico porco chauvinista. Sofre, se é que sofre, por puro egoísmo. É particularmente ciumento da gata fofa, adúltera, que já conheceu melhores dias. Tampouco o sinto preocupado em constituir família. É o gato estroina, Memórias Póstumas Jr., quem está na berlinda, alto lá com insinuações e sofismas. Sou um tipo específico, de contornos mui nítidos: celibatário inato, vocacional, predestinado aos estudos. E a eles devotei-me por completo em gabinetes e auditórios, bares e cabarés, salas de aula e alcovas de luxo. Ao longo de quarenta, eu disse, quarenta anos. Quatro decênios, é mole? Se acaso desfrutei em excesso os prazeres da carne foi por conta da atração involuntária que exercia sobre a alma feminina. Atração da qual fui, sem dúvida alguma, a principal vítima. A comparação por si só é absurda, insultuosa e absurda: jamais me esgueirei entre ruelas e becos escusos à cata de amores fortuitos. Nem cultivei a lábia insidiosa, que não hesita recorrer a mentiras pérfidas, marca registrada de nosso amigo felino. A comparação é maliciosa, absurda, repito, encerremos o assunto. Necessário fosse, os depoimentos sigilosos de Dalva e Estela, Cristina e Maria do Céu o confirmariam amplamente. Ademais, mencionei-o acima, aspiro à graça da castidade e intento alcançá-la até o próximo verão, pelo menos, durante toda a maldita estação. Que fique o registro inequívoco, reconheço-lhe os atributos marcantes — trata-se de gato asseado, nascido para o ofício, extremamente inteligente, boa companhia, embora não jogue *bridge*. Imbatível em sessões do plenário que versam sobre a ética. Espanta-me a extensão de seus conhecimentos nesse campo, a argúcia, a presciência intuitiva com que se move entre seus meandros notoriamente abstrusos. O supersticioso senso comum talvez levante a suspeita de algum pacto diabólico. Ele é preto e branco, não é branco e preto. Perder tempo com esse gênero de crendice! Fato é que o homem é um perito, mestre consumado dos casuísmos jurídicos. E acumulou o embasamento teórico imprescindível: Platão, Aristóteles, os estoicos, Sêneca em especial. Montaigne e, como não podia deixar de ser, o seu querido La Rochefoucauld, com quem inevitavelmente se identifica, pela vida em corte e a moral plástica, flexível, que a beneficia. É humano, orgulha-se de seu saber ímpar; como sempre, entretanto, exorbita — torna-se afetado, enrola-se com o francês e o latim, enfim, beira o ridículo. O que empana um tantinho seu brilho inegável. É graciosa companhia também fora de casa, em nossas raras incursões ao que adora intitular o *demi-monde*. Circula aí com *aisance*, personagem espirituoso e ilustre. Deplora, com toda a razão, o aspecto gasto, degradado, dos *bordellos* atuais se comparados aos de suas três últimas vidas. Aquilo, sim, era a glória: espanholas, polacas, reinando entre elas, as francesas e seu requintado *savoir-faire*. Basta de saudosismo, interrompo, vamos ao que interessa. Olha-me compassivo, abana o rabo e sorri, paternalista. Nesses domínios, é ele o sumo pontífice. Acordo alegre, mas, no decorrer da jornada, a proverbial ressaca e a ancestral culpa bíblica se apoderam de mim. Ao crepúsculo, enfio-me na poltrona da minha melancolia, parafraseando o jurista emérito, sumidade na matéria — será necessário declinar-lhe o nome? — Fernando Pessoa. Vacila-me a mão ao digitar o patronímico supimpa. Perdoe-me a simpática *choldra ignóbil*, ele nos pertence de direito, por licença poética, autêntico cidadão do espírito de Petrópolis — posso vislumbrá-lo a percorrer, vago e rápido, a emblemática capa esvoaçante, nossas soturnas vielas e majestosas avenidas, o ar enevoado de histórica melancolia, a descer depressa uma pinga e mais outra na Casa D'Ângelo. Em seguida, célere, partir à consecução de seu destino: escrever, escrever e nos redimir a todos por descumprirmos a tarefa impossível de cumprir — viver felizes a vida. Caramba, só de imaginar me inspiro. E recordo, condoído, o inexplicável descaso de Memórias Póstumas pela poesia. Que lhe tem custado, aliás, provações físicas. Nem por isso se emenda, me poupa o riso escarninho. Como de hábito, aleatoriamente, se contradiz e declama versos sem que eu lhes enxergue o nexo, a pertinência mínima com a pauta em questão. De costume, Memo não é um errático, muito alerta às circunstâncias, safa-se ao menor sinal de perigo. Um estalar de dedos, some de vista. Em momentos íntimos, confidencio a Estela o enigma. É pessoa boa, um tanto atirada ao mundo para os meus códigos rigoristas. *É só um gato, querido*, meiga, ela murmura. A quem pretende enganar desfiando tais platitudes? Está claro que é só um gato, eis o problema todo e infinito! Depois, antes de partir no horário preestabelecido, agarra-se a ele, sôfrega, quase lasciva. O bruto não se furta ao contato, pouco lhe importa o juízo pífio da criatura, contanto venham as sardinhas, fartas e saborosas. Fui impiedoso, chamei-o epicurista; deu de ombros e sentenciou: *epicurismo e estoicismo são credos afins, rezo pelos dois*. Desconcertou-me, quedei mudo. Cristina é mais prudente — já enterrou dois maridos e meio —, examina a fundo o dilema, em suas múltiplas interfaces. Adota o infame dialeto cibernético. De quando em quando, acompanha-me às *soirées* no respeitável Teatro D. Pedro, desconfio, à falta de qualquer outro programa mais excitante. Vocábulo realmente detestável. Amo de paixão Memo — palavras dela, por favor —, embora seja um grande dissimulado. Um gato que cochila com um olho aberto! Estranha também a atenção suspicaz, especulativa, que ele concede à tela do famigerado *laptop* que arrasta consigo noite e dia, chuva e sol. Escusa de acariciá-lo ao colo depois de certo episódio: ele toma liberdades, cicia. Chega a comovê-la, porém, o seu amor inconteste pela literatura, tocante em um felino. Simplesmente não sei o que pense de Cristina. Híbrido de socióloga e viúva, entorna cerveja em botequins de quinta com o que cognomina a *rapeize* (substantivo pagão, tribal, cujo significado exato ignoro); ato contínuo, faz-se muito circunspecta e vem escutar Glenn Gould comigo. Termina a noite a jogar dominó desatenta com Memo, incansável nesse gênero de entretenimento. Por fim, atira ao alto as pedras e chora baixinho. Atencioso, solícito, ele permanece a seus pés. Quanto a mim, adormeço à hora estipulada, não falho com minha rotina. As outras três desmioladas, misturo talvez os números, limitam-se a entrar e sair, trazendo os indefectíveis mimos a Memo. Peço perdão ao leitor pelo trocadilho. A tresloucada Dalva, creio, cometeu a gafe terrível, o desplante, presenteá-lo com um novelo de lã vermelha, você me ouviu, um novelo de lã vermelha. Por um longo minuto, gelei, temi o pior. Dois séculos de subordinação à etiqueta, à rotina inquebrantável da chancelaria, todavia prevaleceram. Memórias curvou-se, agradeceu e despediu-se, deixando atrás de si o mimo ofensivo. O meu senso de tato natural, habilidade desenvolvida em salões e prostíbulos, logrou contornar a situação delicada, o anticlímax, e tudo passou quase despercebido. Tomei providências, que o incidente diplomático jamais se repetisse. Encareci junto a minhas castas, libidinosas amigas: Memo é *sui generis*, há que relevar-lhe o esnobismo, afinal é um dos últimos representantes da estirpe do intelectual libertino do século 18. Porra, basta de lembrancinhas! Salmão, chocolate e sardinha, ok? De resto, entretenho planos e sonhos, como qualquer cidadão, defendo meus interesses, oníricos inclusive. E as coisas nem sempre se desenrolam como previsto. Quando firmamos o contrato, no cartório tradicional da avenida xv, conscientemente, não me lembra que acalentasse expectativas ou ambições explícitas. Em verdade, reputava a manobra tíbia, diversionista, flagelava-me até; ao fim e ao cabo, a medida assinava um atestado de óbito, desfechava o golpe de misericórdia no projeto de toda uma vida: habitar em campo amplo, suserano, na companhia fabulosa do Cavalo. Em comparação, francamente, o que haveria de compensar um gato? Já a palavra rala, inócua, entre as primeiras que uma criança (*sic*) balbucia, duas sílabas, duas vogais... A distância era incomensurável, do Médoc ao Miolo, do tricolor saudoso ao rubro-negro crasso e conspícuo. Cobria-me, então, um manto sombrio. Em público, trazia a figura irrepreensível, como sempre, distinta e digna; o traje correto, as maneiras reticentes, modicamente receptivas. Em corte, reinam as aparências. Encarei o desafio, como andam a falar hoje em dia. Diminuído, acossado por vozes, pensamentos molestos, humilhado em suma, saía intrépido à rua. Vejo-me a rondar a Casa D'Ângelo ao crepúsculo, à hora do *footing*, a fazer-me discretamente visível — a *écharpe* ao vento, o paletó de veludo castanho, asmático senhor elegante, um tanto *aloof*. Olhares perspicazes saberiam descobrir a aura da clássica boemia sob a correção convencional do jurista. Entrava em cena, nem moroso nem afoito, sorvia o meu chá, roía as torradas inigualáveis, por isso mesmo chamadas Petrópolis; um demorado *cognac* concluía a visita protocolar. Esmerava-me em atingir o grau algébrico, infinitesimal, de ar despreocupado. Tarefa hercúlea: inquieto, aflito, fingir-me à vontade, descontraído, mas suficientemente compenetrado. Desautorizo amizades pretéritas. Louvo aqui os três ou quatro fidalgos, seletos e diletos, que combatem a meu lado. Testemunhas brandas, avoadas, solidárias, do que denomino, com rasa simplicidade, "a crise". Nem a idade semiprovecta consentiria dar uma de gênio incompreendido, essa não. Bastos, do clã Bastos Ferreira, recolheu-se a Correias, para todo o sempre, quero crer. Nobre empobrecido, isso em definitivo. Homem de espírito, não lhe frequento a casa por conta da esposa, megera irascível. Semibêbada, desperdiça os dias a evocar os tempos áureos, a balbuciar... *Cannes,*

Cannes e Nice. Promotor implacável, depois teria sido juiz moderadamente venal. Não desfruta o supremo privilégio natalício, mas a família de escol, desde os primórdios, foi veranista opulenta e assídua. A acreditar-lhe, criança brincava nos *jardins*, tuteava os pequenos príncipes. Foi, talvez o seja ainda, meu conselheiro-mor. A regra de ouro, Brito querido, é prudência, prudência. As camadas são finas, sutilíssimas, bem como os desvios; os atalhos, escorregadios; portas abertas, tentadores abismos. A precipitação será fatal, isso é seguro, em um principado onde tudo é história e, portanto, intriga. Pedra de calçamento talvez inexista que não guarde memória das pegadas de um príncipe, um conde, no mínimo. Claro, claro, relativizo. Bastos sublima, idealiza, acorrentado a um mundo volvido, que lhe foi pródigo em muitos aspectos. Até o funesto casamento com uma torpe *nouveau-riche*, arrivista inconsequente da Copacabana dos anos 1950. Espoliou em demasia suas faculdades volitivas. Tem lá seus dilemas com o líquido. É embaraçoso assisti-lo beliscar garçonetes, cantar as meninotas do supermercado e outras fêmeas do mesmo quilate. Mais ou menos sóbrio, em momentos de gala é dono de charme irresistível; com enorme *aplomb*, capaz de dominar, conservar sob o seu encanto minutos a fio, simpósios de vinte ou trinta convivas. O primeiro degrau, congratulou-me, você o galgou em grande estilo: habitar o primeiro distrito. O endereço aproxima-se da perfeição: a modelar avenida Ipiranga. Schiller seria sua perfeita antítese, não fossem os traços atávicos em comum: as origens vagamente nobres, o bolso vazio, o culto subentendido, por isso mesmo arraigado até a medula, à corte e sua vultosa relevância contemporânea. É o inconsciente profundo, a verdade recôndita da nação, berra convicto. À primeira vista, na promiscuidade das ruas, é um democrata descarado, extrovertido, querido por todos — do pitoresco flanelinha a um Orleans y Bourbon, do burguês endinheirado e ressentido ao transeunte anônimo e distraído. Devo-lhe um mundo, seria falacioso negar. Jamais deparara com semelhante poder casual, fulminante, de observação e classificação. O universo social lhe surge à luz de uma hierarquia fluida e infinita — um parafuso, um botão de camisa, o Palácio de Cristal, Cézanne ou um capacho de cozinha, cada coisa merece um rápido exame acurado que lhe garante posição específica dentro da escala axiomática dos valores humanos. E o perfaz com impressionante desenvoltura, impressionante lucidez, sob a enganosa aparência displicente, sábia paródia do vulgar e do popularesco. Nasceu numa aldeola austríaca, *et pour cause* reclama afinidades instintivas com Petrópolis. É goethiano, simples como um bom-dia: sinto o seu magnetismo, seus humores, partilho seus remorsos antigos, antecipo-lhes os desejos e as intenções secretas. A matéria é grave, controversa, espinhosa, palpitante, provocativa. Uma aldeola no Tirol e Petrópolis, com sua mística ateniense, como assim, protestam veementes, em uníssono, os catedráticos de nossa vetusta universidade? Adepto da dialética de Hegel — os testemunhos são unânimes, consagra-se um ás ao esgrimi-la —, Schiller responde metade em alemão, metade em português. Metade sim, metade não. Nesse ínterim, sub-reptício, estuda, classifica, hierarquiza: cada peça de vestuário, a marca e a idade do relógio de pulso, a qualidade do xampu e do aparelho de barba e até, graças ao olfato prodigioso, a nacionalidade da manteiga que lhes impregna o hálito erudito. Esplêndido potencial de extorsão e chantagem que, seguindo o *more* aristocrático, Schiller abstém-se de instrumentalizar. No entanto, sobrevive de trampos e escambos, com frequência vexatória vê-se compelido a descer a biscates no dantesco balneário do Cristo. Também cultua Goeldi, esse espírito gentil e companheiro que, inconcebivelmente, cria cachorros. Em plena, irrepreensível Fazenda Inglesa! Jamais piso lá os pés por horror às criaturas, todas perfeitamente loucas, aliás, portadoras de vícios redibitórios que Schiller finge ignorar. A alma bondosa da esposa padece, em calado pânico, temente às minúcias absolutas, aos detalhes todo-poderosos: o *foie gras* menos que único, a dobra inexata no lençol de algodão egípcio, a espuma inferior do café moído na cafeteira italiana há meses obsoleta. Quanto a mim, vítima conformada de seus olhares inquisitivos, resguardo-me na medida do possível: submisso, acolho, aprendo e decoro. Nada adquiro sem consultar-me, em espírito, com o gigante ruivo encanecido — do pano de prato à *écharpe* indispensável, dos sapatos e estofados à soberba lixa de unha manufaturada em Hamburgo. Neste ponto (aos desavisados, cito o príncipe Hamlet, de Shakespeare) entra o terceiro assassino: Pedro Paulo Quintas, exegeta severo, femeeiro de memoráveis conquistas. Recluso em Villaboim — ao que me conste, trecho favorável de um bairro passavelmente cível em uma infernal megalópole de província —, comunicamo-nos por meio de extemporâneas missivas, desencontrados telefonemas e lacônicos e-mails, a forma oficial de misantropia do Estado democrático. Tudo o que é humano me é estranho. Quintas foi-me, via negativa, sumamente útil. No idioma castiço de Trás-os-Montes, instou-me que fosse à merda, nada tinha a ver com isso — Petrópolis ou Paris, Sapucaia ou Três Rios, que diferença faria isso no curso risível do destino? *Detesto gatos, analfabetos ou pseudoeruditos*. Faz sérias restrições também ao resto do universo, à exceção das ostras e dos livros, os autores precocemente defuntos, é preferível. Estarreço Memórias repassando-lhe, na íntegra, os ditirambos e aforismos. Certa feita, miou-me para pronto envio a Quintas uma extensa cursiva, meticulosa, extraordinariamente complexa, acerca da fatuidade do ceticismo e das virtudes patafísicas da monarquia. Uma comoção sacudiu a lúgubre comunidade da cultura: o taciturno Quintas tomou a peito o desafio. Quinzenalmente, redige a Memo, pois a ele já se dirige pelo apelido familiar, uma réplica poética. Há muito, porém, o desmemoriado Memórias esqueceu-se do missivista, o gato ingrato. *Quintas quem?*, inquiriu o cínico. Quando emprego tal apelativo, vai às cordas, despreza-me como a um *poodle*, dada a etimologia canina do filosofema, há cerca de duas décadas e meia esvanecida. E vou adiante, a instilar a peçonha da qual, ao que parece, detenho uma reserva inesgotável — o que é que há, ficou mordido? Pesquisador infatigável — corretivo terapêutico, imprescindível, uma vez que os tempos verbais puseram-se a interagir de forma esdrúxula —, parti a investigar as remotas causas clandestinas que conduziram Quintas à inaudita ojeriza pela Cidade de Pedro. Quanto à sua opinião cáustica sobre o que sobra do cosmo, não me comprometo, não é da minha alçada; de resto, é cogitável, talvez cabível e até louvável. Lá pelos idos de 1960, 1970 ou 1930, pasmem, Quintas militava entre as almas do município.

Em sítio subalterno, Nogueira; não obstante, *dentro* do olímpico perímetro. Após escassos meses — o texto do arrazoado é incisivo —, cassaram-lhe a cidadania. Doeu, calou fundo a rejeição, a jubilação sumária e irreversível. Compreendo agora sua amarga disposição de espírito, peculiar aos que respiram aliviados no desterro, sob o influxo da perniciosa e deliciosa preguiça do exílio. Quase desculpo o bom humor feroz com que afasta, exibindo um sorriso mordaz, as minhas perorações, haverá quem as chame súplicas, em favor da cidade imperial. Ora, ora, Petrópolis, conheço-lhe de cor, um a um, os sebos medíocres, decadentes, e as ostras, quando as há, sofríveis. A qualquer mortal teria sido um golpe rude, irreparável, do destino. A uma alma sensível... Finalmente, finalmente ingênuo, crédulo Brito, lhe acode o óbvio: carece a Quintas o precioso visto, como iria ele atender-me os insistentes pedidos para visitar-me, hóspede às minhas expensas de uma suíte de solteiro no prestigioso Hotel Casablanca? Quem se eximiria, de moto próprio, a tamanha honraria? Em casa, não obsequiamos hóspedes: ameaçam a integridade da rotina. Forçoso é reconhecer o impasse, a aporia: confessar a inconfessável desdita, ou entrincheirar-se numa simplória denegação freudiana, patente a olhos vistos? Vislumbro, afinal, a intenção velada das cartas periódicas a um desdenhoso gato, os e-mails intempestivos, gratuitos, comentários jocosos a respeito de notícias desprovidas de um grão de metafísica. Não, isso não ficará assim, creia-me, Quintas: *incontinenti*, ponho em marcha as tratativas. Os deveres kantianos da amizade, preguei-os vida afora, impõem sacrifícios. Percorrerei, indômito, os intermináveis corredores do palácio, os ministérios, a Câmara, a prefeitura; disponho ali de inúmeros conhecidos e, discretamente, duas ou três escriturárias íntimas. Além disso, ecoando Maria do Céu, se não me engano, amo de paixão a burocracia. O êxtase das esperas eternas e incertas, o suspense dos adiamentos súbitos, as desculpas arbitrárias, esfarrapadas, a amável afronta de funcionários intratáveis. Tardes e mais tardes, estéreis, anódinas, suaves, a se esvair sem pressa, nas miúdas expectativas de papéis bizantinos e documentos com prazo de validade vencido. O sábio, os sagazes distinguem aí um sabor picante, um *arrière-goût* agridoce; no plano existencial, um sartriano *para si*. Nas nuvens, Bastos Ferreira haverá de acompanhar-me quando o permitir. Por amor à proporção e à simetria, prefiro esperar a sós, devaneando, sonhando acordado (a frase, genial, é e só podia ser do maior entre todos os baianos, Rui Barbosa). Uma entre cada cinco oportunidades, estipulo a presença providencial de Bastos, que domina como ninguém as sutis artimanhas do que designa, com muita propriedade, "as artes eróticas da burocracia". De hora em hora, larga-me de lado e sai a tomar um aperitivo, segundo ele um simbólico gesto mimético em solidariedade à Presidência da República. De antemão, folgo em revê-lo (a Pedro Paulo Quintas, sejamos precisos) no retorno triunfal à sua mesa cativa no D'Ângelo, inconfundível em seu *très chic* paletó de veludo verde-musgo, absorto, perdido na contemplação desinteressada *des poules*. Maneja destro, arrojado, o idioma de Baudelaire e Racine. A descer um Domecq atrás do outro, reeditando performances inesquecíveis, cantadas em verso e prosa. Noitada dessas, chego ao zênite, ao ápice, ao cume: a cifra cabalística dos quinze. E torno a vê-lo, ao soar a meia-noite os alegóricos sinos, trôpego, eminentemente digno, a interrogar, perplexo, a estátua de d. Pedro e o Cruzeiro do Sul. Sim, sim, haveremos de assistir à aurora desse fabuloso dia. Faço, desde logo, a ressalva: nunca em prejuízo de meu próprio Olimpo — a naturalização, certificada em cartório, a posse de todas as prerrogativas de cidadão imperial. Ao longo do sibilino percurso das tratativas, surja algum empecilho de monta que interfira em meus negócios, adeus, fique por aí mesmo, Quintas, na roça faraônica, ou retorne, rosnando, à terrinha progressista. Fostes, afinal, declarado culpado de crime hediondo — o crime inafiançável de lesa-majestade. Receio que vossas cartas teimosas, obsedadas, indisponham-me com o demônio do gato, prima-dona vingativa. Dependo de Memórias Póstumas Jr., e muito, no afã de cumprir o mais alto desígnio: a espiritual compenetração física — próton, elétron, nêutron e demais subpartículas — aos ares petropolitanos e, em consequência, a consecução do projeto kantiano de "paz perpétua". Paz dolente, fervorosa, hiperativa, que há de erguer-me acima de mim mesmo e justificar-me o fado transcendental, modesto, ímpar. Justo, justíssimo tributo aos infortúnios que, diuturnamente, em bom português, aturo. Na Antiguidade, em vara cível, a título de recurso derradeiro, lavrava-se a sentença: "incompatibilidade de gênios". Entre mim e Memórias, a sentença alcança porventura a plenitude da figura jurídica. Em meus sazonais momentos de acídia, acabrunhado, meditabundo, digo de chofre, deprimido, invariavelmente, Memo mostra-se feliz e contente. Em verve exuberante, irreprimível. Aos saltos, aos pulos, a esbanjar energia, um frenesi sísmico que abala os alicerces morais de um recinto, por natureza, pacato e pudico. Das três da tarde, após a sesta reparadora da devassidão vespertina, até as onze da noite, pontualmente, quando vai à luta, Memórias Póstumas Jr. dedica-se a espicaçar-me a alma enferma. A puxar conversa a propósito de tudo e nada, a política, os quadrinhos, as senhoras ingratas que não dão mais as caras — ele bem o adivinha, o ímpio, que não é de caras que careço e necessito —, o aquecimento global, a invasão iminente do exército de Napoleão. Já os preveni, ele mistura as vidas pregressas, e nem nisso confio: será talvez hábil manobra diversionista com o fito de ludibriar os espíritos. E continua por aí afora, *ad infinitum*, a mixórdia inextricável. Observem bem, por caridade, formulem veredicto. Nas datas incontáveis em que amanheço disposto, expansivo, pronto a congraçar-me com quem quer que seja por dividirmos o mundo, aposto a minha aposentadoria, vou encontrá-lo desanimado, esquivo e mudo. Emprego o termo técnico, neutro, subscrito pelo douto e pelo vulgo: *macambúzio*. Esparramado no chão, inerme, ostenta um ar de arrogante fastio pós-existencialista. Só quando, ensandecido, apelo a um formidável chute de bico, dá sinais de vida, emite gritinhos quiméricos, ininteligíveis, e foge da varanda a estampar a evidente satisfação da missão cumprida. É infantil, concordo, entro a consultar Henriqueta sobre a possibilidade (nula) de comprarmos um cachorro. *Pobre vítima indefesa de Mimo*, ela concorda assanhada — são amigos fiéis, os cães, e têm serventia: a guarda da casa. Nos tempos que correm... Alongamos ao máximo a conversa, provando o doce fruto da vingança, a concertar meios e modos, os respectivos méritos das raças:

o labrador afetuoso, o belo *setter* irlandês e até o medonho buldogue. O que de fato nos convém, minha cara Henriqueta Dias, é um sadio exemplar do insuperável pastor-alemão. Vou logo me entender com Schiller, autoridade indiscutível no (repugnante) assunto. Memo estremece, é visível, põe-se a lamber o leitinho ou qualquer outra ignomínia. Tendo me estragado o dia, contemporiza: *venha, venha,* mia, *andemos a ler um bom policial e ouvir o Mozart divino.* O traste, o velhaco, o patife, em síntese, o gatuno. Não me iludo. Memórias Póstumas Jr. — nome e sobrenome com que o agraciei e que, gosta de alardear, teriam sido obra da pena do próprio Assis, avaliem o anacronismo — percebe com o sétimo sentido felino o quanto dele dependo. E, em parcela menor, da carola Henriqueta Dias. De saída, na dimensão atmosférica, no plano meteorológico-existencial, se preferirem. Sem os dois nativos puros a lhe insuflar o sopro autêntico, perderia o apartamento a identidade, o pneuma, mero acampamento de ciganos, praticamente um terreno baldio. Transportado sorrateiramente, na calada da noite, de uma pequeno-burguesinha Laranjeiras, nos subúrbios da zona sul da cidade inominável, aos cumes historiais da avenida Ipiranga. Qualquer fiscal secundário da burocracia municipal do espírito, desses que vemos circular de uniforme pelas ruas, facilmente daria pela falcatrua. Eu estaria perdido.

Ao acompanhar os emocionantes trâmites em curso, verdadeira orgia de altos e baixos burocráticos, há muito aprendi a apreciar o ritmo vagaroso, ardente, intrínseco ao Império e sua crença inabalável no que o abaianado Braudel apelida a "longa duração": um século, um dia. Temerário seria, se não leviano, ou pior, indecoroso, alterar a ordem universal das coisas. Por enquanto, sonho e sou-lhe imensamente grato por isso. Em moeda de troca, atendo os imperiosos caprichos do gato, os humores abusivos, alternados — Póstumas Jr. é o bipolar típico —, suas aviltantes idiossincrasias. Em uma palavra, eu o bajulo. Porque há ainda a considerar, com o merecido carinho, a opinião pública. Com efeito, graças ao discreto brasão da família Britto, de bom gosto irretocável, que ostenta ao pescoço por onde passe — e os sítios variegados que aborda elevam-se do fausto imperial à sarjeta e à boca do lixo —, Memórias Jr. torna-me a mim, indireta mas irrefutavelmente, personagem da cidade. Ao que tudo indica, inclusive, uma terceira ou quinta avó, na linha baixa feminina, uma Barros Costa, haveria aqui nascido em púrpura, na brilhante Petrópolis da imperatriz Leopoldina. Ao andor ralentado do coche, como aliás conviria, arrastam-se as lídimas tramitações. Um gato petropolitano de quatro costados me é de enorme valia. Henriqueta, por sua vez, para quem Juiz de Fora é a

Lua, justamente por essa fidelidade canina (*sic*). No âmbito natalício, só faz reforçar aos olhos cúpidos e vorazes do público minha sacra determinação de radicar-me nesses pagos. Privo-me há trinta e oito meses, sete dias e uns poucos minutos dos colóquios homéricos com o cordial e colérico Quintas. Seja pelo tom inflamável, sem ranço de monotonia, ora hilariante, ora belicoso, no limiar do desforço físico, seja pelo conteúdo gravíssimo, nas raias do patafísico, colóquios a rigor insubstituíveis. Muito eventualmente, Póstumas Jr. mostra-se um sucedâneo à altura. Ademais, há a viagem extenuante àquela turbulenta vila, onde um pouco de calma encontra-se à mão apenas entre a multidão contrita de fiéis dos *shoppings*, consoante a liturgia do consumo. O azáfama das *démarches* alfandegárias enfastia sobremaneira o homem de estudo, autocentrado, empenhado em aprofundar o seu conhecimento dos livros, das mulheres e da genealogia dos cavalos de corrida. Entrado em anos, hesita lançar-se numa temível aventura de desfecho imprevisível. Complacente, caridoso, respondo aéreo, uma vez na vida outra na morte, às copiosas mensagens eletrônicas de Quintas, pecadilho perdoável por parte de um escriba consciencioso, eremita ilibado que, em matéria de mulheres, não brinca em serviço. Entre um trago e outro, pausada, cautelosamente, o senhorial Bastos conforta-me nas horas tormentosas em que algum arcano documento se extravia nos labirintos do almoxarifado imperial. Arrebatado pelos fluidos da aguardente, o seu barítono melodioso destila sabedoria. Um pouquinho pastosa, a voz maviosa exerce efeito catártico, extremamente gratificante à autoestima da pessoa humana. Caro, caríssimo, felicito-o, nesses conturbados tempos pós-bastilha, modernos ou pós-modernos — o quanto duram rótulos impressos em papel jornal? —, o sr. combate o bom combate. Há um soldo a despender, todavia, investir contra a maré desses tempos permissivos, deletérios, em que os valores se acham por completo, *in totum*, invertidos. Cito um exemplo, *en passant*, porque atual e premente — eis-me aqui, um Bastos de Sá Ferreira, a adular um merceeiro avaro a quem devo, *em tese*, seiscentos cobres, as onipotentes unidades contábeis do vil metal, que amanhã somarão setecentas, em progressão crescente. Eu, que lhe prestigio amiúde a pocilga, concedo o lustre da minha presença a um frustro estabelecimento cuja estrela fenecida é uma deleitosa *eau-de-vie*. Não discorro à toa, a fábula é instrutiva. Veja você, sujeitado às mãos rasteiras de almas administrativas. Respeito, reverencio as instâncias monárquicas superioras, bem como, você é testemunha, a própria Presidência da República, a quem dedico, por empatia, cinco ou seis diários brindes. Porém, Fernandes Brito, a alma livre, sobranceira, é o Império supremo e último. Louvo-lhe a pertinácia, o denodo com que batalha pela sublime comenda: a cidadania petropolitana, súdito pleno, imune a cláusulas restritivas. A chave da cidade, assim como foi a mim agraciada em priscas eras, haverá também de ser sua. Isso é tácito, seguro, questão de tempo; e a nós, libertos da usura do trabalho, tempo é o que deveras sobra e, solene, angustia. E o barítono ressonante, embargado de emoção e pinga, pontifica: no que a rigor importa — o foro íntimo —, já é sua, a chave, sinto-o no fundo do coração. E, Deus sabe, detenho autoridade para tanto! Gastar palavras será preciso, descrever o indescritível, o exultante estado d'alma, as lágrimas que procurei inutilmente esconder, depois de aturar tamanha ladainha? A essa altura, por companheirismo, teria também eu emborcado as minhas. Quatro, oito vezes rodei o principado, digamos, em euforia, no ardor da conquista. Tornei a meus sóbrios aposentos, *à la* Hamlet, indeciso: comemorar à larga com Memórias, caviar e champanhe, em camaradagem masculina, ou doá-lo generosamente ao município, alguma praça abandonada, bem longe, a perder de vista? Uma chuva fina característica, nostálgica, promissora, me aguardava na manhã seguinte. O céu, cor de cinza. Lembrai, concidadãos, lembrai, não esqueçais nunca a grandeza do poeta da Vila, Noel Rosa.

Recomeço, fugiu-me ao controle a veia lírica. O céu cinzento, o Sol convenientemente oculto, é bom presságio: amplia os horizontes ao exercício otimista da melancolia. Circunspecto, comedido, contemplo à janela de vidraças embaçadas o cristal do futuro. Dilui-se a véspera no éter da folia, glória transitória da vaidade e da pinga? Ou, sob os auspícios dos deuses das legendárias brumas do primeiro distrito, Bastos Ferreira, promotor aguerrido, juiz de sentenças melífluas, transfigura-se em visionário a antecipar-me o venturoso destino? Sim, sinto-me, principio a sentir-me, um legítimo renunciante, na nobre linhagem de Saint-Simon, gozo enfim o luxo, "o intervalo piedoso entre a vida e a morte". Topei com a sentença premonitória, fatídica, em um volume puído de autoria de um tal Ladurie ou coisa parecida. Eram duas horas de uma madrugada igual a todas as outras, isto é, única e irrepetível. Garantiu-me o balconista: as traças são autênticas, pós-estruturalistas, basta atentar ao modo como atacam o texto, a desconstruir toda e qualquer leitura possível. Bem a seu feitio, Memo diz que sim e que não. Ou vice-versa. Talvez, talvez, arremata, taxativo. Examino, inspeciono-lhe os olhos oblíquos, alheios, fixos e longínquos. A atenção flutuante, expediente matreiro da escuta psicanalítica, serve à mera apatia da besta ou a uma lição de filosofia estoica, distanciada e lúcida? Nesse item, Póstumas

Jr. é lacaniano ortodoxo: repudia apoios imaginários, o paciente que se vire, no simbólico e no real, sobretudo no último. A sua presença, porém, é resoluta — aí está ele, irremovível, à espera de comida. Convoco a tempo o sentimento moral do respeito: não interprete, não julgue. O renunciante que se preze, digno do nome augusto, conduzirá a máxima aos limites do perfectível. Já enxerga de cima o mundo, *specie aeternitatis*, humilde, imparcial, recita de cor suas vaidades corruptas. E o ensinam as pedras excelsas, o vento e as nuvens de uma cidade de outrora que se resigna ao presente com a dignidade indecifrável de um gato — e, creiam-me, isso diz tudo — que atende pela alcunha de Memórias Póstumas Jr. Quando atende, que o bicho é de veneta. Invoco o lamento civil, corrosivo, de Machado: "Valha-me Deus, há que se explicar tudo". Senhoras e senhores, o gato é um símbolo. Descontemos a população empírica, de todo desprezível. Os reinóis dividem-se em dois tipos primários: os que habitam em claustro, junto à televisão, e os que saem à rua para fazer ruído. Exógamos, copulam entre si, com o resultado que todos conhecemos. A sua atividade precípua consiste em espionar, incomodar e caluniar o próximo. A cotejá-lo talvez com as criaturas reais, de carne e osso, nascidas e criadas na televisão. A hipótese de psicose coletiva é sedutora. Em ocasiões festivas — a Copa do Mundo, os velórios célebres, a Páscoa e o Natal, enormes catástrofes naturais —, se agregam e se agitam feito doidos do hospício. Conservo-me à parte, afável no trato, inteiramente acessível. Falam mal de mim, como de todos os outros; forasteiro, gozo de certo privilégio nesse sentido. "Velhote maníaco", ao que parece, é a expressão consagrada, a súmula do consenso público. Agrava-se segundo o humor volátil das gentes e meus raríssimos desacertos de conduta. Bastam cinco minutos de atraso no meu passeio matutino, doze minutos de carência no *footing* do crepúsculo, já escuto o buchicho. Os rumores. Ecoando outra vez Clarice, amo de paixão a rotina. Eles mesmos obedecem, beatos, aos capítulos e versículos da bíblia televisiva, sem lhes tirar uma vírgula. Destemperam e riem muito, nem sempre às escondidas, de minha paixão retórica pela enumeração sistemática. Vá lá, inveterada. Vício inofensivo, se alguma coisa, áulico, pedagógico. Sequela de hábitos salutares: a métrica da poesia, os silogismos da filosofia, os procedimentos regulares, sinistros, da burocracia, os passos trocados da malversada jurisprudência. O leitor escrupuloso, exasperado, que chegou até aqui, terá notado minha estima pela discriminação compulsiva das horas e dos dias. Pergunto: de que é composto o estofo do tempo? Como se administra, calcula e computa a vida terrena, a única em que, *por enquanto*, acredito? O meu catolicismo romano, pio, compungido, é de cunho legalista — a religião oficial da pólis à qual juram os súditos estrita observância. Livre-pensador, atrevido, na tribuna das barbearias e dos inferninhos, vitupero sem clemência o clero, bando de borrachos, obscurantistas, concupiscentes, não encontrarão lugar ao sol no mundo vindouro do progresso esclarecido. Em nome de qual instituição ou benfeitoria sacrificaria eu o dom afrodisíaco da enumeração? Renunciaria ao opiáceo do número pitagórico, platônico, que regula e promulga a vida temperada e justa? Contabilizo os gritos orgásticos das senhoras que consumo, desculpem-me, desfruto. A cifra exata, consignada em cadernos de notas, eles próprios enumerados, das releituras dos oito ou doze livros que coroam o ócio diligente da aposentadoria. Não lhes quero mal, entendam. Magoa-me apenas, altero-me, fico puto, o modo abjeto como destratam a língua de Drummond e Eça. Saberão quando muito cinquenta, duzentos e trinta palavras do vernáculo; o resto é o vocabulário esotérico dos telejornais, da internet, da axé *music* e das biroscas. Segredou-me Henriqueta, acusam-me de arcaísmo, linguagem empolada, pedante, e até hermética, essa é demais. Há ainda os que dizem que vario, que deliro.

Perdidos no círculo

O Narrador é suspeito, desde logo advirto. Quase tudo será dito pelas costas do sujeitinho. Leia às avessas, a contrapelo, nas entrelinhas, aproveite os lapsos, as lacunas, equívocos e mal-entendidos. Em suma, conte com a sorte: as distrações e a legião de preconceitos do dito cujo. Também é desprezível o autor de uma autobiografia: dar-se a tal importância é signo do ridículo. Isto aqui, vejam lá, não é nada disso — são fatos voláteis, inconsequentes, eventos exigentes, passagens fortuitas que descrevem com rigor um método de vida. Meu avô paterno mexia as orelhas, habilidade de todo inconcebível. Pois é, meu avô mexia as orelhas e nos divertia. Minha amiga é um enigma. O que pensará da vida? Pensará muito, enquanto cala, cala e não fala, o que mais faria? Pensará tanto, não dá tempo pra falar. É uma hipótese. Talvez se cale a compensar tudo o que falaram as outras, e como. Ou por um ditame divino, poupe-o, poupe-o, ao mesmo tempo assim o torture. Paraíso Perdido consta dos seguintes itens: o galope fluido a cavalo, uma página lida com afinco, inteiramente lúcido, dois ou três versos de delírio puro, cristalino; um intenso silêncio súbito, estrelas e estrelas acima; as figuras perfeitas do acaso geométrico, a invocar a verdadeira vida. Esta que não existe, por isto mesmo se chama vida. Por outro lado, morte é certeza implausível. Como será não ser? O narrador põe a perder as melhores dicas. Formar frases, funesto destino. Ele só faz transcrevê-las em seu estilo insípido, despido de poesia. Uma vida não se conta, uma vida não conta. E vice-versa. Estranhamente, não sinto saudades da minha mãe, embora tenha levado com ela a metade alegre de mim, só agora descubro. E logo a quem confesso, ao outro eu mesmo suspeito com quem me confundo. Que frase. Outro momento marcante foi a ausência de sentido da vida. Volta e meia retorna e enche tudo de um imenso vazio. O pior é a presença exorbitante do mundo. A maneira como invade nossa privacidade, nosso íntimo. Toda manhã, ao acordar. Lá está ele, impávido colosso. Bem a propósito, no caso em pauta. Não houve tempo para arrematá-lo, acabou assim meio onipotente, meio totalmente carente, ao mesmo tempo. Foi o que faltou, e ainda falta, a não ser quando sobra. E aí sobra muito. O espaço é menos possessivo, dá-se lá um jeito. O tão famoso tempo, falsa matéria-prima do narrador insosso, a rifar minhas palavras, largá-las assim sem graça, natimortas na página. Logo elas, tão vívidas, ágeis, bem-dispostas ao natural. É só convocá-las, prestas acorrem e acabam traídas, coitadas, sozinhas no coletivo. Pena. Nunca tive um cavalo, é o que mais me entristece. Ficou faltando o contato fluente com o cosmo, pelo lado de dentro e pelo lado de fora. Ainda por cima carrego uma arcaica alma moderna, sobrecarregada de nada. Nada portátil. Não reclamaria quatro ou cinco destinos pós-modernos descartáveis, que alívio. Talvez destino romântico virou coisa obsoleta, só em horas soltas, perdidas, o cultivo às escondidas. Meu pai, para citar um exemplo aleatório, não acabava de crer o que vinha a ser o filho. Assistia com assombro, compassivo, o florescer do alienígena. Em compensação, o resto da escola o estranhava ao infinito. Sentimento mútuo, recíproco. Quem sabe me aguardasse uma proficiente carreira no crime. Não, seria trivial, previsível, de móveis tangíveis. O romantismo sadio consiste em exercício maníaco, inofensivo, cultivar uma fatalidade gratuita. Vejam o meu velho gato, romântico empedernido. Nunca fez planos em nenhuma das sete vidas.

Está falido, como era de se esperar. Nem por isto demonstra amargura e olhem que, pelas suas contas, é a última tentativa. Temos, afinal, algo em comum. Fui um dia ao campo desfrutar sua célebre paz de espírito. Angustiou-me um pouco, bastante naturalmente, volto sempre que posso. Cultuo a nostalgia desse lugar que, com razão, erroneamente, se pretende fora do mundo: faz parte da engrenagem tanto quanto a Avenida Paulista. Teríamos que ir ao campo sem ir juntos, sozinhos, sem carregar a gente consigo. Um dia consigo. Cochila o narrador, eis aí, consigo. Frase tremendamente significativa. O mar destina-se a outro gênero gregário de misantropos. Avessos ao pensamento, penetram mais fundo no raso dilema humano. Nadei muito, adorava, sem saber que obedecia a uma fantasia ancestral. Náufrago, lutava pela vida. Expediente útil, portanto. Perdeu a graça, dei-me conta, o esforço se resumia em voltar à praia do princípio, ou pior, à borda de qualquer reles piscina. Tarefa de todo inepta. Observem, não recordo o passado, constructo falaz, mera alegoria, reescrevo por linhas tortas uma vida contrita, clara e distinta, espécie bem diversa de desvario. Basta: partamos de vez, radiantes, ao futuro. O tal que não chega nunca. E, no entanto, envelhecemos, como é que pode. Enigma banal, típico de Cronos, o Grande Frívolo. Vero enigma é o consagrado dia a dia, o mistério insolúvel do mundo em comum. Ao que tudo indica, me foi vedado o acesso às artes herméticas do humano convívio. A solidão é a companhia ideal, cortês, expansiva. Como dividir a si mesmo, por princípio hostil, irredutível a compromissos. Diante do outro intruso, recomenda o bom senso, a loucura compartida. Donde a sagrada família. Ocorreu-me, numa ocasião, à sombra, deslumbrar-me com a maravilha da vida. Teria eu cinco, seis anos, nunca me esqueceu aquilo, nem lembro bem o que fosse. O fenômeno. Viver é buscar consolo da vida. Meu outro avô, que não cheguei a conhecer, sempre me dizia. A transmissão familiar da sabedoria é insubstituível, daí o twitter e o espiritismo. De noite, costumo, a sós, considerar — meditar sobre as estrelas, de acordo com a etimologia — agora pálidas e poluídas. As conclusões são invariavelmente desanimadoras, recorro então ao místico — uma cerveja e um gordo sanduíche. Rima rica. De uma feita, percorri inteira a parábola da madrugada com intuito regenerativo. Funcionou: já desperto, não acordei de manhã. Notemos, a título de ilustração, o desespero gramatical dos maridos. Perplexos no presente, desorientados no passado, conjugam somente o pretérito imperfeito do futuro. No condicional. Razão pela qual, duas ou três vezes, não casei nunca. Quando saio de férias, lastimo o sofrimento perdido. Tal é nossa condição hodierna, vocábulo horrível que resume tudo. Contento-me em escarnecer do narrador consciencioso, a registrar — desastradamente, é infalível — o que dito. Não cogito a ordem estapafúrdia dos eventos traiçoeiros que detém a essência inefável do meu destino. Por exemplo: uma tarde, garoto, fui à rua, voltei outro, irreconhecível. Ninguém percebeu, talvez minha mãe, que, como todas as outras, guardou o segredo consigo. Este, com certeza, será operário do onírico, labutará ao léu, funcionário público da poesia. É uma carreira, igual a qualquer outra, um pouco mais próxima do hospício. O que dirá São Tomás? Dançarão, provocantes, as Eríneas? Os lúbricos anacoretas da política? Outra espécie de missão gravíssima, da qual todos se escangalham de rir, é a faina escolástica da Academia. Conservo-me ali à margem, irreal, irrelevante, serenamente insano. Passar a vida despercebido, um pouco à maneira de Napoleão, fazer o voto de Prometeu. Desentendam a sentença profética como preferirem, não é tarefa minha. Pego o prumo e desando a escrever o que me dá na telha do inconsciente, cabotino de quem há muito desconfio. Terá tratos com o capcioso narrador, falam outra língua. Numa excelente oportunidade, ao crepúsculo, li Baudelaire: crédulo, ingênuo, de boa índole, acreditei no que li. Deu no que deu. Argumentarão os magistrados que fiz de propósito, o gesto era por demais acintoso. O próprio Baudelaire ficou em cima do muro. É o que fazem os livros: silentes, em seu canto na estante, exercem seu insidioso feitiço. Culpar os outros é condenar-se ao ostracismo. Culpar a si mesmo é topar com um inimigo à altura, no entanto, muito superior em número. Em boa lógica bivalente. Numa biografia neoplasticista, sem perspectiva, o objetivo é prender a atenção arredia do escritor sem rumo. Fui, no inverno, à Roma, morrerei tranquilo, quites com Hollywood. Preciso mesmo é de um bom cavalo que me leve ao léu, lugar seguro e acessível, quase sem turistas. Em lá aportando, descanso um pouco, como teria feito Ulisses. *Doppo, ritorno* e dou palestras lucrativas, a popularizar a língua do país. Projeto circunspecto, sólido realismo onírico. Sempre ouço rumores, realidade é sonho, sonho de sonho, daí a preponderância do animal político, malta seleta de ilusionistas. Conhecem que, no fundo, no fundo, não há fundo. Já a superfície é linha errante, hipotética, adiada ao infinito. Quem domina o assunto são os antigos sábios chineses extintos. Resta a força progressiva, generosa, incontida dos amores desiludidos. O tema é espinhoso, deixemo-lo de lado. Formidável expressão, exponencialmente vaga — lado, qual lado, de que polígono? Atenderia a quais percursos existenciais inconfessáveis? Deixemos de lado, nada de inquéritos indiscretos. Fitemos o horizonte, somos todos adultos, a menos que obtenhamos junto aos deuses misericordiosos indultos. De todo modo, desde Júpiter submetemo-nos a uma implacável ordem de ser judiciária. *Cui Bono*? Careço da cidade para sonhar com o mato e lá fruir o pensamento puro, até que apeio e sofro, ansioso, a planejar um futuro que nunca terá sido. O problema é o que fazer consigo, a mente o tempo inteiro mente, às vezes, contudo, mente de verdade. Meu tio Jaime era um virtuose no gênero. Venderia centauros a Diógenes, o Cínico, em plena *polis*, ao meio dia. No entanto, como todo mundo, morreu de verdade. Levando junto magníficas mentiras. Autêntico museu de falsas obras-primas que, forçosamente, inexiste. Acaso existisse, se desmentiria. Bravo silogismo. Basta invocar a virtuosa figura lógica e tudo se arranja no ocidente. Outro cochilo do narrador, outra sentença digna. De resto, perdi há muito a mania bizantina de transtornar verbos e adjetivos, limito-me a desgastar a gramática psicótica convencional. Como qualquer um, não me faço entender, vivemos todos felizes, irmanados por grandiosos e mesquinhos equívocos. É o melhor regime, a gerar filhos e mal-entendidos. Nesta ordem. Confiantes no reconfortante absurdo. Sofri, entretanto, momentos de intenso lirismo. Multiplicados por mil, esboçariam quase um arremedo de projeto de vida. Por onde anda o aqui e agora, li a pergunta oportuna no taciturno vespertino. Suspendi de imediato o juízo e acedi a um nirvana aflito, altamente neurótico. Promessas, somente às avessas:

no passado, farei decidido isto e aquilo; haja o que houver, no passado, cuidarei do meu futuro. O presente é sonso e serpentino, entregue a fúteis desígnios. Cavilosos ardis. O instante é diferente, coisa duradoura, há que cultivá-lo com carinho. Jardim de Monet, a essa altura, um tanto murcho. Cansados instantes são agora os nossos, dobrados sob o peso dos anos pelo excesso de sabedoria. Instantes, amáveis dionisos, fortuitos, sem autoria narrativa. Outro dia encontrei um deles, vagando, integralmente puro. Ganhei o dia. Prometeu-me, solene, retornar. Talvez houvesse aí um grão de ironia. Pelo menos não era o claustro inviolável da internet, sob o patrocínio do dadivoso Thanatos. De tudo e todos dispor ao alcance da mão desmoraliza a realidade, concorre ao niilismo. Prefiro a contemplação das esferas sublimes do chão do apartamento, o terra a terra delírio caseiro, a me instruir sobre a conduta ilibada do sólido cidadão inadaptado, que encontra no computador e na televisão dois escrupulosos espias. Desligados, mudos, denunciam às autoridades nosso descaso para com o real instituído. Crime inafiançável, punido com o unânime escárnio público. Desterro é ofício vocacional, desses que vêm do berço. Em uma outra noite, a quarta delas, conheci minha segunda identidade secreta — mensageiro pontual, de mãos vazias e itinerário arbitrário. Prosador do vácuo era o felizardo Beckett, trazia a boa nova do nada, substância de eficácia terapêutica reconhecida. Escrevo, somente apago, contagio angústia e apatia. Na métrica clássica elegíaca. Foi o que me disse Ana Luísa ao despedir-se. O episódio não deixou sequelas, me lembro dele todo dia. Existir plenamente acontece de repente, a despeito da observância dos vizinhos. Ocorre a toda hora o fenômeno raríssimo, vá entender. Só mesmo Pessoa, que concentrava no próprio nome próprio o enigma. Graças ao infatigável treino diuturno, tornei-me um desportista *blasé* do niilismo. Espírito lúdico, lúgubre, desencantado por algum alegre motivo obscuro. Tarde demais para corrigir-me, a vida foi me desencaminhando pelo caminho. Esta o narrador corta impiedoso: mau português. Eu acordava alegre, agora acordo triste, em suma. Muda tudo. A começar pela vida, e vai se agravando até o final do crepúsculo. Há pausas regulares de euforia que não enganam ninguém. Palavrinha mequetrefe, resume tudo em duas sílabas, a tal de vida, todo mundo a utiliza. Aleatoriamente, é verdade, sem saber bem o sentido. O que, aliás, é virtude. Acordava alegre, agora acordo triste, em resumo. Uma vida onírica salubre, repito a meus filhos putativos, é impreterível. E não me refiro a heroicos pesadelos, estarrecedores, sinistros, estimulantes enfim, e sim aos pequenos sonhos mesquinhos, mal contados, dos quais saímos diminuídos. Convencionais, surrealistas. Nenhum Mondrian, nem um único Malevitch.

Propícios em particular a quem mora no Rio, onde o caos grego, o original, jamais pisaria, bobo ele não é. Com o tempo, parece que é a ordem natural das coisas, sonhamos mais e mais com gente que não existe mais. A morte não guarda lugar, mete-se vida adentro, vida afora, triste topologia. Por essa, Moebius não contava. Ele, o narrador, permanece impassível, sua função é estritamente heurística: cuida dos escritos, o que vai neles não é sua província. Declama. O Ser para o homem é a vida, pontificou Aristóteles, insuperável pleonasmo, até hoje dá o que falar. Vejam vocês a falta de assunto. Meu gato, que já foi heiddegeriano e hoje torce por Wittgenstein — as cores do uniforme são menos berrantes, justifica — defende uma tese radical: mal a equilibrar-se de pé, quase na vertical, perde o homem contato com a multiplicidade dos sentidos, a visão periférica, o perverso tato polimorfo. Em uma palavra, se lhe escapa entre os cascos o mundo prodigioso, torrencial. A rigor, limita-se a fitar o ar, ou seja, de novo a rigor, nada. Daí a acídia crônica, incurável, da qual trivialmente padece. A arvorar-se imponentes ares niilistas. Saem sôfregos a tudo inventar quando tudo desde sempre já aí está, profetiza o gato pré-socrático, que gastou seis vidas inteiras, bem locupletadas. Longe da terra, perdem sua pulsação, nem por isto ficam perto das nuvens. Buscam refúgio na fala ociosa e compulsiva. A perseguir a felicidade, o verbo proclama em alto e bom som o patético da empreitada, ao ver do gato, o empecilho mor para a beatitude. O que é ser feliz, conclui o filósofo. Desabilita o ponto de interrogação, outro déficit humano, falta de tirocínio. Nada existe no interrogativo, sequer um poodle... Ninguém a define com a acurácia devida, a humanidade se sente quase sempre bem infeliz, isto sim. E disto ninguém duvida, exulta. Seis vidas garantem uma aura de originalidade a qualquer lugar-comum. O que adiantaria andar de quatro, retruco eu? Agora é tarde, consumou-se a metamorfose. Caniços pensantes, debochou o tal de Pascal, com dose considerável de otimismo. A mania doentia de pensar, assevera o felino, trava o livre envolvimento das formas contínuas e descontínuas. O pensamento não se presta, em definitivo, ao usufruto do mundo. Escrevo a me evadir em vão. Gostaria de dedicar-me a outro tema, menos leviano que o assunto batido do mundo. Detesto paradoxos, acompanhemos com simplicidade o curso dadaísta da rotina. Outra matéria, menos óbvia, que não fosse a vida. Rousseau empregava um simpático sucedâneo — herborizava — delicado ensaio de misantropia aplicada. Quando o correto seria encará-la frontalmente, a espécie, dar-lhe as merecidas costas. Com a idade, reparem bem, todo mundo lembra todo mundo. Falha a vista, é inegável, mas a variedade das fisionomias não há de ser infinita. Tendo visto tanta gente, uma lembrará a outra. Tanto atentamos ao semelhante, talvez por vingança, acabamos semelhantes. No entanto, dado alarmante, nos tornamos esquecidos. Mistério. Sempre a lembrar alguém que esquecemos em seguida. Sentença de ressonâncias machadianas, consinta o censor. Vida que segue, retrocede. Avançamos, progredimos, reaparece o passado intruso, o abelhudo, a sabotar o pretensioso futuro. O presente é um estroina, só quer saber do momento. Morre cedo, evidente, no auge da juventude. O resto é fantasia, parte importante da realidade. O remédio é viver e despachar ao diabo a vida. Ou, ao contrário, parar de vez e meditar *ad aeternum*, modo de existência outrora insigne, anda em baixa. Interagimos, participamos, agora solitários, desvalidos, consequência lógica. Cada um só pensa em si, todos juntos, contudo. Resultado, falta o real. Vira um clube, negócio fácil de fechar. Vai ver acabou o mundo na acepção estrita. Nem por isto ressurge o saudável caos, viria bem a calhar. Quem sabe agora funciona. Se bem que funcionar, funciona, até em demasia. Não agrada, verbo de outro teor. Papo longo, amigo querido do tédio mortal. Um dos grandes prazeres, teorizar à toa, ficar à toa também não é mal, viver à toa, esfalfa. Seria a ocasião propícia de citar Sêneca, trecho lapidar de um sereno discurso a trovejar no Senado. A desdita metafísica é um regionalismo sem sentido no mundo global. Tendo em mira a cura de nossos insubstituíveis fragmentos divinos, cacos velhos de estimação votiva, diria Cícero. E talvez o tenha mesmo dito, quem provará o contrário? Continua, leitor hipócrita, meu semelhante, meu irmão, Baudelaire pega pesado, no próximo capítulo, anterior ao que ora o narrador ou eu teríamos redigido. Sigo à risca a irregular narrativa moderna, triste sina de irrevogáveis desencontros e equívocos. E assim sucessiva, aleatoriamente.

∞

De modo algum encerro aqui esta sóbria recapitulação despida de saudosismo; pelo contrário, avanço célere em direção ao passado que virá pelas costas. Acorram, auspiciosos ouvintes, venham já à praça ensolarada onde se reúnem contentes melancólicos de várias estirpes a trocar opiniões entusiasmadas sobre as pequenas misérias da vida. Há *raves* de todo gênero, por que não haveria uma a celebrar o mau agouro e a misantropia. Aperfeiçoemos a democracia. *punks* não contam, missionários contritos, elaboram programas de governo bem definidos. Decepcionaram-se na puberdade, coitadinhos, queriam o melhor dos mundos. Proponho uma enérgica resistência passiva: ouçamos Thelonious, corrigindo o ritmo do mundo, dezoito horas por dia. Com parcimônia, atentos ao vento e às nuvens. Desde a infância cultivo um inseparável amigo cavalo. Costumamos dividir cogumelos mágicos, a conversar acerca do grande pasto do mundo. Foi quem me confiou: o segredo reside em ler com atenção o vento e as nuvens. Como assim, decifrei. Nesses momentos, azula a gramática, num átimo o universo se esclarece, a lógica bisonha não turva a clarividência do delírio. A certa altura, intuo o nexo equino e sua incontestável superioridade, plácido a pastar, enquanto giram as rodas belicosas do mundo. Quem sabe, Schopenhauer teria sido de fato uma besta bem-sucedida, se bem que só em teoria. Fiz-lhe um rápido resumo de sua doutrina, ao que Sertão replicou, por que então o pessimismo? É cavalo sensato, chegado à boemia, mas de boa andadura. O seu herói não é Pégaso, a quem acusa de mau gosto exibicionista, e sim o cavalo anônimo de qualquer faroeste, a roubar a cena de John Wayne. No fundamental, em essência, marcha correto o universo, na síncope de seu galope ora brando, ora desabrido. Concordo, Sertão, desde que o mundo é mundo, é mundo. Como mundá-lo? Outra que o censor depressa suprime, constrangido, quem você pensa que é, Guimarães, Joyce, não amole, atenha-se aos dados elementares de sua rala biografia. Mas não os há, retruco, não os há, tudo já vem confundido pela erosão do uso. O pateta sequer dormitou sobre as *Investigações*, ao contrário do meu gato que não faz outra coisa. O homem era um felino, exclama, com ele não sobrava passarinho. Desde criança me intrigam as criaturas, voando à toa e construindo ninhos, ao ver do povo, sabendo perfeitamente o motivo. Bem, pelo menos me abstive de mencionar cachorros cretinos, creio que isto encerra a inesperada digressão zoológica. Algum filósofo engraçadinho declarou, com toda razão, que o homem é o mais perfeito dos animais domésticos. Numa tarde de outono, encontrei por acaso o meu outro, meu duplo. De cara, era de se prever, nos estranhamos muitíssimo. Fizemos planos divergentes no intuito de ampliar nossa latitude: vá cada qual para um lado do bairro, pelo menos, da rua. Somaríamos assim dois esquizos, o que daria, portanto, menos um, a mais, aproximativamente. Altas aritméticas. A única ciência exata é o pretenso *spleen* dos poetas a nos fiarmos na estimativa da mídia especializada em tudo. O narrador foi taxativo: isto aqui não é nenhuma *Recherche* esnobe, recheada de *madeleines* alucinógenas. Até onde consiga enxergar, não perdi tempo algum, como iria eu procurá-lo? Onde? Quando? Probo, inflexível, homem de minha época, fiel a um traiçoeiro Universo Relativo, relato o passado conforme vai me ditando a amnésia dos dias. Quem domaria o curso selvagem do tempo, a sombra irrecuperável das tardes macias, a luz amena do crepúsculo que nos convoca aos rituais inúteis da poesia? Ninguém senão os deuses vaidosos das existências fluidas que não se deixam medir pela lei da escrita. O censor tem desses rompantes à *la* César, desculpem-me. Voltemos ao que interessa, à menor partícula de nêutron cabível. Lá pelos nove anos, talvez dez, completei minha educação sentimental; aos doze, rematei com louvor minha *Bildung*. Prematuramente, portanto, desnorteei-me em definitivo. Daí em diante, remoço a cansados olhos vistos. Vejo-me assim míope, destemido, a enfrentar o ocaso do passado. Do presente, seria temerário afirmá-lo; quanto ao ocaso do futuro, nem cogito. Uma coisa de cada vez, pondera o arguto senso comum. Não canso de enaltecer sua sabedoria dionisíaca. Pessoalmente, prefiro Apolo: é mais apolíneo. Há aqueles que encontram Cristo, que não era lá muito cristão, mesmo porque era judeu, também a contragosto. A bíblia consagrou, em minha modesta opinião, a boataria. Disse-não-disse interminável, mixórdia de profecias perversas e inverossímeis. Eis o livro em que devemos todos acreditar piamente. Faz sentido. Oremos, é o jeito. Tenho por hábito, de quando em quando, ingressar em estágio clínico de delírio. A preceito, notem bem, seguindo os manuais canonizados do gênero. Do Saara, no centro do Rio, translado-me com desenvoltura a seu símile, a empreender a travessia escaldante e instrutiva. Padeço dias à fio a tão decantada sede do deserto, enlevado, diviso miragens sensacionais, produtivas, miragens de fato reais, inequívocas, ao contrário da realidade tendenciosa, que não passa de fantasia arbitrária ao sabor do gosto vulgar de todo mundo. E que, fatalmente, engana, ilude. De natureza coloquial, nem por isso desprezível, são minhas periódicas incursões à Saint-Germain existencialista dos idos de 50. A tomar *pernods* consecutivos, em terraços aprazíveis, cogitando o suicídio. O que me transforma, de súbito, em um sarado pós-suicida, como o provam, de modo insofismável, estas mesmas linhas. Daquele venerando *boulevard*, sob o influxo de sua angústia erudita, que histórica perspectiva! A sensação de missão cumprida. Podemos todos nos despreocupar, sobressaltados, acerca do curso do mundo. Já àquela época, com enorme lucidez, eu antecipara, tudo caminharia espontaneamente do péssimo ao horrível. Tanto que me suicidei, conforme pregava a doutrina. Não é, do ponto de vista prático, um mau delírio. Se bem ministrado, até rentável. Sob uma ótica póstuma, necessariamente ascética, é econômica a vida, mínimo o consumo. Também aprecio delírios miúdos, rapsódias irresistíveis que duram de cinco a dez minutos. O exercício ascético de Cavaleiro Errante, por exemplo, no engarrafamento dentro do túnel.

Costumo apelar ao budismo, e até ao hinduísmo, em situações desesperadoras à frente da temível televisão e sua excêntrica visão de mundo. Sim, sim, está ao nosso alcance, em fração de segundos, encarnarmos dalai-lamas de improviso. Sorriso sábio nos lábios, gaia ciência inconsequente, a salvar do enxurro os últimos cinco neurônios restantes. De uma a outra lua, por higiene mental, três vezes ao dia, delire, delire, receitou-me o Médico e o Monstro. De maneira sóbria, nada de histrionismos. O narrador, inclusive, é de opinião que a um tipo como o meu, bem, o que melhor lhe conviria seria entrar de vez na pele de outro conviva. O cavalo e o gato concordam que a proposta é frívola, nada acrescentaria: tanto faz um como o outro. O meu duplo discorda, mas só porque é sua função precípua. Dissente também, com veemência, do narrador. Quedamos, o leitor e eu, sem compreender patavinas. Ora, compreender por quê, qual o motivo, emenda o revisor tinhoso, mania de perseguição racionalista! É por si só evidente que uma humana biografia não haveria de guardar sentido, mesmo sob a égide do delírio. Formula egrégia petição de princípio, círculo vicioso que todo e qualquer Sócrates perceberia. O ideal, desde Sileno, é domínio público: não nascer. Agora nascer e, ainda por cima, escrever uma autobiografia, francamente, é o fim. Em absoluto, defendo-me, há também o meio e o início, como o observador imparcial pode constatar. Diligente, relato passo a passo minha alta formação de idiota esclarecido, quiçá, um mau exemplo para a juventude. O saudoso tio Jaime obraria em outro estilo: à força de persuasivas mentiras procuraria desviá-la do caminho justo, sensaboria capaz de entorpecer as imaginações mais ilustres. Mintam crianças, mintam e desfrutem a graça da vida, a verdade é por demais cacete, tediosa ao infinito. Mintam e mintam maldosamente se possível, armem intrigas, cabalas, tudo enfim que ponha em risco o descalabro da figura quadrada da sociedade. Era ótima pessoa, coerente, personificava sua doutrina — nunca foi pego a espalhar verdades de espécie alguma. Em datas festivas, no intuito de ludibriar e confundir, contava uma verdade inverossímil que, ato contínuo, passava por mentira e descabelava a família. Chamava-nos a um canto, com generosa solicitude, explicava os procedimentos operacionais de rotina. A regra de ouro era conhecer a versão da verdade, na íntegra, só então desmoralizá-la mediante uma bem aplicada mentira. É infalível, meninos! Infelizmente, por temperamento, jamais me adaptei aos rigores de uma disciplina que não consente atalhos ou subterfúgios. O Cavalo nasce imune a tais dualismos risíveis, Sertão garantiu-me. Nosso livro de cabeceira é Folhas de Relva, mais panteísta, impossível. Achei pobre a metáfora, com subtom alimentício, calei-me, contudo, um tombo no momento traria eventuais complicações bíblicas. Da última vez que caí, há um decênio, o fiz dos cumes alpinos de minha alegria matutina. De lá pra cá, ao *more* estoico, repasso humilde os acontecimentos diários à noitinha, embora não encontre interesse em semelhante escrutínio — ao contrário do que reza a doutrina, tudo podia perfeitamente não ter ocorrido, a começar por mim. Acresce que moro no Rio de Janeiro, onde a causalidade é malvista: interfere com o bom andamento do acaso. A maresia teria sido, aventam os iniciados, a origem do cisma: é incompatível com os axiomas da geometria. Ou o inverso. Daí porque escreva eu a ermo, que não pertence a nenhum município por questão gramatical de princípio. Recanto remoto, de fronteiras vagas e incertas e precipícios invisíveis. Dez léguas dista, cinco minutos a pé, duas horas a cavalo: gosto de cavalgar. Sou o autor, metam-se vocês com suas respectivas biografias, meu método errático é cá comigo. Cacófato medonho, de pronto rasurado do manuscrito. Pouco importa desde que passe a mensagem clara a uma humanidade, principalmente, enxerida. Deste pecado ninguém há de me acusar, desde os quatro anos tracei ao redor um limite nítido de cem centímetros cúbicos. Que, aliás, carrego comigo onde quer que vá ou deixe de ir. Assim nunca me extravio junto a terceiros, ou mesmo, segundos. Já o meu duplo é homem do mundo que, por sua vez, nem liga. Talvez não seja mundo do homem, desconheço os detalhes. Saio às vezes a me divertir no lugar do duplo, a quem abandono em casa debruçado, soturno, sobre um livro. Ao retornar, ele se mandou, despreza protocolos de despedida. O convívio é truncado, sem maiores luzes. De seu compreensível ponto de vista, sendo eu o duplo, ele é que me enxotara, deixe-me em paz a ler, suma. Desde quando trocamos missivas, meu caro Rotariano vetusto? Sua tese sumária é de que sou uma relíquia. A minha é de que não fica bem falar mal de si mesmo em público. Sobrevivemos cada um na sua, fingindo de desentendidos. Na verdade, mal nos conhecemos, ele ou eu surgimos alguns parágrafos acima. O narrador investe com ímpeto: assim é inviável, a reportagem vai se enrolando, a cada página mais tortuosa, abstrusa e críptica. Ainda ontem interceptei um lacônico e-mail do operoso escriba à esposa — *Estou perdidinho, bs.* Ao ver do duplo, em seu palavreado chulo, o cara é beleza, mas careta, todo arrumadinho. E eu com isto? Uma vez que decidi partir — o gesto foi daqueles inspirados, visionários, irreprimíveis — nada me impede de ficar em casa a descansar de mim e do mundo. Mente resoluta, pragmática, jamais hesito em tomar decisões urgentes que possa postergar com otimismo ao infinito. Abro ao acaso o mapa e localizo, por exemplo, Sossego, metrópole diminuta nos confins do Judas, entre a Madison e a Quinta Avenida. Há, por sorte, um clube de jazz na esquina. Sossego não vai escapulir, até pelo imperativo do patronímico; breve, com a devida calma, inicio os preparativos. Enquanto isso. Em dois ou três momentos convenientes, atravessei a urbe noturna sob uma deliciosa garoa a tirar conclusões definitivas sobre o curso ulterior do destino. Basicamente, nada concluí, concorde a lógica do assunto. Ressalte-se, saí do incidente incólume, fortalecido, úmido até a medula. Previdentes, nem cavalo nem gato acompanharam-me na aventura que reputam tola, diversionista, com uma pitada de loucura. O duplo me seguiu fielmente ao longo de oito quadras e desgarrou satisfeito em direção a um inferninho. O narrador apreciou, afinal, algo de pitoresco, chega de circunlóquios mórbidos. A chuva, repito, é variegada e educativa; o sol, uma mesmice. Daí sua repercussão junto ao consumidor médio. Por mim, ele se restringiria ao solstício, a palavra me agrada, é bonita. De emprego judicioso, não me lembro de tê-la empenhado, por exemplo, a respeito da vida. Descortina uma cosmologia primitiva, quando as aparências resplandeciam, brilhavam sem culpa. O *solstício*, apurando o ouvido, não se pode falar em eufonia. O narrador condoído me considera uma alma singela que saiu torta por questão de milímetros. Corria tudo às mil maravilhas até a véspera natalícia, aí interveio a fatídica *mala fortuna*. O gato aposta que foi o Cão, o cavalo bota a culpa em Descartes e seu fraco pelo raciocínio analítico. O duplo, sucinto, me acha prescindível. Recorro de imediato à célebre *skepsis*, suspendo o juízo — *je suis comme je suis*, pernóstico rumino. A vaia foi ouvida até nas coxias. Mas hei de me redimir junto ao leitor de boa fé que sabe muito bem que, numa autobiografia atemporal, o importante é o que se agita em surdina sob a escrita. Ofenderia eu finas sensibilidades literárias com a descrição enfadonha de cenas verídicas? o papel inédito que lhes reservo, senhoras, senhores, é o de Adivinho: outrossim, ficassem a espionar o apartamento dos vizinhos. Cerimonioso, polido, o narrador aprova a ementa; pelas costas, ironiza o que denomina meu *sub-hermetismo*. Por inveja, pressinto.

∞

Façamos, nesta bela encruzilhada, breve síntese retrospectiva. Constatemos, idôneos, que o caráter singular da personagem veio a revelar-se, *in totum*, graças a episódios que me recusei a narrar sob hipótese alguma. A viagem a um grotesco mosteiro, em Minas, obcecado por uma namorada mística que necessitava e carecia, segundo seus insistentes e quase inaudíveis murmúrios, *se descobrir*. Ao termo de meses e meses de abstinência e jejum, obteve a recompensa merecida. Sumiu: especula-se que não teria gostado nadinha do que viu. Nesse ínterim, eu voltara apressado a Paris, onde nunca pusera os pés, emigrado ávido de cultura — faltava o pecúlio de família que me permitisse desfrutar os proverbiais infortúnios do exílio político. Exatamente lá, naquela mítica Arcádia algo enxovalhada, onde reinavam minha ausência e a do meu duplo, decidira a sorte madrasta encaminhar-me à prestigiosa carreira de Inútil Escriba Público, sem o saber ou a intuí-lo por meios escusos, confirmando os vaticínios daquele avô desvelado que, porventura, jamais conheci. Vinte e poucos anos transcorreram até alcançarmos esse acme existencial do qual ignoro o percurso labiríntico. Viria eu a descrevê-lo em minúcias? o contrassenso salta à vista. Se bem que não esteja lá muito seguro quanto aos particípios verbais em litígio nas linhas acima. Cure o revisor desse quesito, se for capaz, do que duvido. Repassasse palmo a palmo o enredo estéril, desenxabido, que papel faria eu aos olhos perspicazes de leitores calejados na alta poesia especulativa de fulano ou sicrano, quem sabe, do próprio Virgílio? Acaso fomentaria o robusto entendimento dessas páginas que, pela estrita profissão de fé pietista, coíbem invencionices ou caprichos? Omiti, confesso, voto de puro altruísmo e, sobretudo, meritório discernimento estético; o mesmo, *ipsis literis*, que me forçou a pular o venturoso regresso a cavalo de Minas. Oito dias ensandecidos de meditação ininterrupta no lombo de um matungo, passarinheiro contumaz, histérico à passagem das menores nuvenzinhas. E eu a remoer, gravemente, nada menos que o futuro. Àquela altura, Clarinha, a obscura, já constava entre as pálidas lembranças destinadas ao popular olvido, em rodas de elite famoso, sob o título de *recalque*, e passível de severa punição psicanalítica. Altivo, não parei aí: escusei-me, convicto, a narrar meu tórrido romance frustrado com a noiva do duplo, criatura insinuante, perfidiosa ao estilo de Lady Macbeth, de quem copiava os trejeitos e o cabelo. Peremptório, não o fiz, não o faço, saem vocês sobejamente ganhando senão por um ou outro detalhe sórdido de natureza libidinosa. A quem interessar possa. Era engenhosa a trama, em particular, a moral dúbia da história. Tampouco subscrevo as idiossincrasias do duplo, que venera fofocas e rumores efusivos. Às custas de nós ambos, sorri o parvo, é mais divertido. Vibraria ele, sem rebuços, ao ver estampado, numa dessas inomináveis revistas de variedades que aviltam a dignidade da espécie, o telegrama à antiga que sepultou nosso entrevero lírico: *Finito*. Quando queria, a calculista Macbeth dispensava ardilosas tramoias políticas: ia direto ao ponto, precisa. O mesmo não ouso afirmar, compungido, de minhas mirabolantes habilidades linguísticas, inclinadas à caridosa maledicência e ao humanismo ferino. Não fora o censor e sua notável presença de espírito, estaria eu aqui a esmiuçar, todo prosa, as lendárias escapadelas de tia Catarina, a ultrapoderosa matriarca ninfômana da família. Sequer esconderia a lista de destratos, humilhações e agruras a que venho me submetendo nas mãos cruéis, inclementes, da poesia. Encareceu-me em tom ameno, com doçura, o velho cavalo amigo: por favor, poupe-nos, é uma chatice.

∞

Numa psicobiografia contemporânea, isenta de misticismo, a prioridade caberá naturalmente a fatos positivos, à conduta verificável da pessoa na calçada ou em domicílio. O jeito como se vira em meio a suas vicissitudes geopolíticas. O presente sempre foi e será assunto exclusivo do vulgo; o futuro, aos deuses pertence, diga-se em favor deles, há séculos e séculos enfastiados da sinecura — não acontece nada de novo, estrilam. Perdoem-me a hipérbole: o passado é tudo de bom — eclético, ecumênico, dúctil, presta-se cordato a fabulações ultrajantes, edificantes, não reclama nunca. Com inteira justiça, constrói soberano a grandiosa

Farsa Universal: impérios de fausto, míseros impropérios, imperadores taradinhos e cidadãos menos que comezinhos, putos da vida perante as normas austeras do senso comum, que não hesita em alterar ao bel prazer sua agenda leviana e ilegível. Amável passado, louvável, todo enfeitado de mentiras deslavadas, fruto dos humores biliosos de escribas venais, ávidos investidores no mercado futuro do espírito. O narrador é homem de fé, conserva a crença inabalável na origem divina da burocracia: és um blasfemo, berra. O que de nós sobraria, eis a bastarda verdade impoluta, à falta das fábulas lunáticas que tecemos e entretecemos e nos guiam pela árdua jornada ao redor do planeta mixuruca, num sistema solar politicamente incorreto, sob a acusação unânime de heliocentrismo. Morderão as más línguas — isto é, todas as que se pronunciam e algumas outras ignotas até aqui — que exagero, extrapolo minhas plebeias origens. Nego. Componho este memorial muito, muito relativo em condições adversas, acuado por companheiros acerbos. Meu duplo turista o qualifica de mero *shrip* (sic?), enquanto aperta o baseado de costume: sou obrigado, portanto, a trabalhar dobrado. O gato Witts aproveita a desforrar-se da História, composto fictício de crendices pós-fabricadas. O cavalo boceja, quando muito, relincha. O narrador é sincero: precisa da grana. É pai de cinco filhas, sexualmente problemáticas, cada qual com síndrome diferente, só uma delas lucrativa. O pior é que, a sós, me desavenho comigo, perco as estribeiras, rancoroso, passo semanas sem falar sozinho. Há que telefonar ao duplo, conciliador nato, menos por talento que por preguiça. Ah, conspiro em silêncio a *vendetta*, na acepção siciliana escorreita: minhas fábulas inovadoras, contributos substanciais à literatura milenar de autoajuda, não as transmitirei jamais, nunca, nem a pau. Primeiro, seria entregar o ouro ao bandido, fornecer de graça o mapa da mina, torná-la quase suportável, a vida adorável. Depois, há a iminente pendência judicial com o tempestuoso Cronos. Trâmites atrozes, terríveis, me aguardam à descoberta pelos coreutas de que trapaceio e furto: em vez de acompanhá-lo em sua surrada e monótona saga, divago, divago, me lixo para sua autoridade olímpica. *Terzo*, tópico conclusivo, por conta das futuras ex-mulheres, em conluio escancarado com os críticos — quem ousará calá-las quando estourar o bochicho? A melhor viagem foi, de longe, à pacata Istambul, no âmago da tumultuada Suíça. A conjunção de contrários é profícua no que respeita a produção de fluidos vitais. O surto dura segundos, não se dorme a bordo, contudo sonha-se na plenitude. Ali desempenhei o papel solene de pró-cônsul no país dos Yahoo, graças ao prestígio literário do cavalo Sertão e suas memoráveis Veredas. Na região se escreve a quatro patas, entre outras benesses, multiplica os Royalties e os programas de entrevista. Há também pequeninas fábulas que promovem conquistas eróticas. Variam desde apetitosas passantes — descendentes diretas, por linha materna, daquelazinha cantada por Baudelaire — até estrelas de cinema e modelos com impressionante índice de celebridade acéfala. Ou o inverso. Não vos enganai: sou homem capaz de materializar em sonho, espremido num abarrotado coletivo, uma bucólica vida no campo pelo resto dos dias. Extasiado, na expectativa do aborrecimento letal que me aguarda ao crepúsculo e das magníficas auroras que, sem sombra de dúvida, hei de aturar. Depois do almoço, prescreve o pergaminho, empreendo uma sesta produtiva: fantasio projetos de grande envergadura, envolvendo metas e programas comuns, com vistas ao que se convencionou chamar, desde o gajo Montesquieu, o Progresso da Humanidade. Dorminhoco inveterado, para contrabalançar, Witts sonha um programa que agrupará todos os felinos em torno da ideia de mútua e absoluta indiferença universal. Inspirado em seu pirado mestre Wittgenstein, *ça va sans dire*, o objetivo é interromper o processo nefasto, em pleno curso, de *Caninização* dos bichanos, descaracterizados pelo contato degradante com criancinhas, a vegetar em casinhas, cerceados por um sem número de diminutivos.

A *Caninização*, impreca o gato com asco, que atribui a culpa ao Vaticano e suas trapalhadas maquiavélicas. Basta de devaneios irresponsáveis, o exercício da memória é matéria séria, advertia o avô bondoso, a nos incutir as lições indispensáveis ao cumprimento virtuoso do currículo da vida. Cedo ou tarde, podem contar, meninos, ela arranja um meio de foder de vez com suas esperanças tenras ou maduras. E ria, bonachão. Sujeito terno, circunspecto, dado a estranhas temperanças. Aqui entre nós, na surdina, era um católico diabólico, em ambos os sentidos. Arguidores melífluos, filiados ao Partido, que ora abundam na Ágora, me acusam de disseminar uma crise de identidade de consequências sociais incalculáveis — seus caracteres carecem de ínfima consistência, misturam disparatados hábitos, qualidades e atributos, enfim, qualquer um podia ser qualquer um. Perplexo, indago: não radica aí a essência da democracia? Voltam à carga os brutos: contradições, discrepâncias e antíteses deformam seus perfis a ponto de torná-los — a eles, caracteres, bem entendido — irreconhecíveis. Politicamente imprestáveis, fuzilam. Sintam vocês, na pele, o verbo.

∞

Contra tudo e todos, todavia, prossigo e prossigo até o fim, embora não faça a menor ideia de onde fique. Ninguém nessas paragens parece preocupado com isso. Livinha, dita a Doidinha, que lhes apresentei acima, hoje funcionária pública às vésperas da aposentadoria e recognominada a Comedida, expressa um conceito abrasivo: é patético, o texto não sabe sequer pra onde ir. Minha réplica estala na ponta da língua: todo e qualquer texto termina na página escrita. O resto é farisaísmo de ninfas em vias de declínio. Respeito a opinião alheia desde que não me chegue aos ouvidos. O narrador referenda o aforismo, mas alerta que é plágio de Nietzsche. Nove, dez mil vezes descompôs-me, com o apoio irrestrito do cavalo Sertão: basta de aliterações e rimas compulsórias, oriundas de um arcaico automatismo psíquico de baixa extração surrealista. Isto é sólida prosa ou fruste poesia? Reúno-me incontinente ao cavalo na pradaria para extensos conciliábulos literários. Esta rixa em torno de aliterações e rimas é fato comprovado? Nem tanto, nem tanto, matreiro troca de mãos ao assunto o matungo. Quando menos espero, desfecha o coice sutil. Insisto, garoto, há que ouvir a música do vento; em matéria de consistência, imite as três formas canônicas de nuvens: *cirrus*, *stratus* e *cumulus*. Deixe de lado o supérfluo, paste em claro, durma no escuro. Em suma, minha é a culpa e só minha, conquanto seja este ensaio experimental de metabiografia um produto híbrido, transgenérico, posto que dele participam um cavalo e um gato. E ainda uma namorada intrusa que, enquanto durmo, corrige concordâncias e acrescenta trechos à minha revelia, aliás, aqueles melhores escritos. Trata-se, enfim, de uma cooperativa, a evocar a época gloriosa do socialismo utópico nos vários condados onde logrou implantar um regime de renovado conformismo. Detratoras e detratores, vigilantes, rebatem em cima: cooperativa utópica uma ova, franco-maçonaria. Por ordem de entrada, figuram o narrador, o censor e o revisor proativos, a interagir criativamente, isto quando não brigam. Ao longe, ouço a plateia subreptícia, clandestina, a uivar *paranoico* baixinho. Reacionária, reza pela cartilha do narcisismo burguês simplório — o Eu será idêntico a si mesmo, reizinho, intacta personalidade destacada do cenário maluco, no mínimo, do mundo. Enquanto me mato para retratar, fidedignas, as múltiplas facetas controversas de minha personagem íntegra, dois passos à frente, três atrás de seu tempo. Do contra, o duplo caminha de través, como é de seu feitio. O gato e o cavalo constituem fatores autônomos, intrínsecos. É verdade que talvez eu dissesse o mesmo de minha prima Regina, rebelde, semi--incestuosa comigo, se se dignasse a dar as caras por aqui. A volúvel Divinha, outrora desenfreada, aos cinquenta e poucos fã ardorosa de Aristóteles, desdenha cortante e ríspida: *não admira, nesta zona todo o mundo é bem-vindo.* Mente atilada, lábil, perita em avaliar minutas quiméricas e documentos ilícitos, Divinha ou Livinha — jovem, gozava à farta graças à ambiguidade nominal deliberada — acabou traída pelo excesso de zelo hermenêutico. Cândida, desapercebeu a ironia: ao intervir com tal ênfase, enfiou-se de moto próprio na orgia literária que, sobremaneira, a irrita e conduz às raias da indignação cívica. Calasse, estaria a salvo, fora de perigo. Repudio o epíteto — orgia — aqui presente de forma pejorativa. Jamais cometeria a indelicadeza de relembrá-la que antigamente, em outro contexto, este sim pertinente à etimologia, o termo lhe soava bastante atraente. Ao que dizem. De resto, relaxe Livinha, o censor pode muito bem aliviá-la de suas aflições, afeito que é a cortar falas exaltadas em nome do bom-tom. Que querem, a figuraça é antiquada, só o que faltava era um censor transgressivo, no auge da moda. O revisor é farinha de outro saco, vinho de outra pipa: espaçoso, sofista, para ele, viver é se intrometer. Divinha, com quem sabidamente confraternizava, se não confraterniza ainda, que se cuide. Alheio ao texto, que só me granjeia desafetos e antipatias, inspeciono províncias idílicas com vistas a meu iminente recolhimento do mundo em comum, soma imponderável de súcias antagônicas, repleto de egoístas irredimíveis. Reparem, não é esta, em absoluto, a opinião do autor. Ao final da frase, algum forasteiro lhe conferiu um caráter sombrio, ressentido, de todo inadmissível. Discordo, discordo e assim contradigo minhas clementes expectativas: confirmo, involuntariamente, que o mundo é lugar da discórdia. Não é mole a lógica, tem lógica própria, concluo. Por essas e outras, me retiro a ler e ouvir música, afastado de minha companhia. Certa matemática amicíssima, no entanto, assegura: tresandou a lógica, sim e não foram banidos, caíram em desuso. Reina o mais ou menos, ingênuo, pergunto. Ora, seria iníquo, pueril, esqueça, nadamos em profundas águas turvas. Não preside a lógica mais o mundo? Onde saiu a notícia? Nesse caso, meu duplo seria um pioneiro, precursor indiscutível, nunca deu a menor bola à lógica, a razão sempre lhe pareceu uma *coqueterie* remanescente dos anos 20. Leitor voraz dos quadrinhos, mulherengo conspícuo, sofre apenas pelo Vasco e pelo eventual desfecho infeliz dos filmecos e novelas que, religiosamente, assiste. Amiúde, porém, tranca-se na biblioteca a estudar Platão a fundo, no intuito óbvio de me aturdir: quem serei esse outro Eu? A questão é retórica, ecoam juntos o gato e o cavalo, que abominam o modo interrogativo. Denunciam a humanidade por depreciar a supremacia do presente do indicativo, da alfafa e da sardinha, respectivamente. Vil materialismo, se insurge o censor, para quem Catão era um devasso impenitente e sem escrúpulos. O narrador mostra-se agente moderado, há espaço para todos, as ideias divergentes se equivalem, concorrem em harmonia ao Bem do universo. A recém-chegada estagiária de matemática faz um cálculo rápido: esse cara é cri-cri, o beabá da álgebra. Com tal equipe, nem a Leibniz desmentimos! Em circunstâncias contemporâneas, impõe-se o *approach* quântico. Do contrário, cantem os parabéns, assoprem as velinhas, ponham-se a recordar uma a uma as famigeradas primaverinhas. Os homens são todos iguais, românticos na primeira noite, a sussurrar *fractais, conjuntos vazios*, logo recaem no rame-rame do cotidiano newtoniano. Pago o pato, como sempre, pelo camaleonismo do duplo, em matéria de mulheres, capaz de infâmias inauditas. Retrocedamos, intempestivos, àquele instante da minha biografia quando descobri a tardia vocação de estadista. Num sábado à tarde, sob a módica influência de um ácido. Li muito Borges, conheço o ofício. Quase quinze minutos durou a empreitada exaustiva de consertar, no geral, o mundo. A encomenda era maçante, repetitiva. Enfiei a cara nos livros a buscar o que sempre busco — a solução poética da vida. A mesmíssima que descubro e perco de novo todo dia. É frustrante, tem lá seus momentos, como tudo na vida. A solução não virá, por milagre, graças a autobiografias postiças, o narrador avisa. Desde o princípio eu lhes suplico, olho no sujeitinho. Muito à vontade, trotando, Sertão comenta airoso: é o que dá misturar um romântico doentio e um realista sadio, ou um sadio romântico e um doentio realista, pouco importa — a ordem dos fatores não altera o produto. Depois desta, derrotada, a jeitosa matemática que, fora do laboratório atende por Dulcinha, despencou-se pra China ou pra Minas. A baixa foi sentida, em especial pelo duplo, incapaz de sublimação ou renúncia: sou fascinado por números, ruge. Em plano superior, o gato Witts polemiza — neófita, Dulce segue presa ao platonismo ortodoxo de Oxford ou Cambridge, atrelada a Bertrand Russel. Deslumbrada pela Verdade, achava-se deslocada na companhia. O que depreender de semelhante assertiva? Grassam entre nós somente eméritos mentirosos? E o leitor, como, quando, onde fica? Declaradamente, este é um tratado de autobiografia no gênero tão apreciado da autoajuda. Um tantinho difuso, alucinado, admito. Mesmo assim. A sua intenção não será, por certo, atormentar e desiludir, induzir à mendacidade e ao fratricídio. Firmo meus protestos junto ao intendente do censor, numa saleta estreita, nos fundos do quartel, consoante a hierarquia. Sabe Deus quando, em meio ao papelório, virá a tomar ciência a personagem atarefada do censor, sempre a pretextar o senso do dever kantiano. O que não o impede, segundo as más línguas, de novo elas, de cumprir missão tergiversa com Livinha, ultimamente coligindo dados arcanos no afã de reescrever a História Subversiva da Ditadura. E com isso conspurcar a memória do pai e dois ou três tios. Sagrada é a República, doa a quem doer, não transijo. Em determinadas áreas, revela-se uma purista. E eu a suportar a catilinária da *unidade de estilo*! Admoestado sem clemência por causa do *Deus ex-Machina*! Vilipendiado por uma plateia néscia, acrescida de irados representantes revanchistas do Partido. Nenhum deles, em *nosso* entender, destros em autocrítica. E grifo o *nosso* com muito orgulho, pela primeira vez entramos em consenso, gato, censor, narrador, cavalo e revisor, eu mesmo e o intermitente duplo. Nem menciono colaboradores arrivistas, a namorada intruja, a matemática de vanguarda, uma ou outra subpersona mascarada que não passou pelo crivo. Em franca reação aos onipresentes estraga-prazeres, a clamar por uma biografia nos moldes, nos trinques, acanhada, adstrita à sala de visitas, nos rebelamos todos em favor da escrita livre, fronteiriça ao generoso delírio, uma das derradeiras conquistas sobreviventes do Iluminismo. Porque nos escravizar à tabela de Lombroso, aos traços atávicos da personalidade? Senhoras, senhores, não cabe à literatura julgar o propósito da vida, tolo acidente implausível ou enteléquia metafísica segundo ideologias concorrentes e igualmente frívolas. Tampouco caberia, convenhamos, deslindar o propósito logo da minha, sob o sério risco de expô-la ao ridículo. Peço vênia: embora seja eu o autor, a ideia não foi minha. O projeto teria sido encaminhado pelo Super-Ego, em parceria com o Id, arrojada *joint-venture*, instâncias que, por tradição, fogem ao controle da consciência. Ao leitor experto, astuto, ficou patente o esforço de minha pena — que digo eu, o sacrifício — na lida com uma vida recalcitrante que sob vários ângulos me é estrangeira, com frequência, abertamente molesta. Só um imbecil se reconcilia com a própria vida, em aparte desapaixonado, sentencia o concílio. O que, nas entrelinhas, transpira: você é vulgar, você é comum. Nada há de errado com a mediocridade, consolou-me Sertão, resigne-se. No mundo pop, é o que há de chique. Num desses ditirambos herméticos, nos quais prodigaliza, o gato Witts enuncia: a média é, por definição, comparativa. Padeces de filosofia enfermiça, espaireças durante três semanas, bebendo leite, recluso na montanha. Em desespero de causa, vou tomar chope na calçada com o duplo a me inteirar sobre as recentes calamidades e os últimos absurdos que, pelo visto, estimulam a turba a redobrar o barulho. A algazarra e a balbúrdia talvez não incomodem os astros e a lua, conjecturo. Alá sabe o que faz. Nesse recinto aconchegante, convidativo à reflexão, resmungo — chique é torpe, chinfrim: sou o honesto relator de uma existência decente que cumpre sua missão para consigo e para com seus concidadãos. A missão, esta sim, é inglória, talvez pífia. Mereço o pronto esquecimento, nunca o opróbrio e o martírio. Se o concílio assim o desejar, de bom grado, tornar-me-ei invisível. O exato oposto do chique, deduzo. Creio exposto, com clareza, o dilema: quem teria rabiscado tais linhas eloquentes, de nítidos acentos sado-masoquistas — o censor no exercício legítimo de seu sadismo plutocrata ou eu mesmo, em desalinho, vítima momentânea de volúpias masoquistas? Vou pegar uma praia, descolar um bagulho, desnecessário identificar ao leitor essa fala arrastada, puxando os erres, marca registrada da tribo. O dilema inexiste: pela lei das patentes, a formulação autoral é só minha, o narrador pretende dirimir *a priori* quaisquer dúvidas. Entediados, cavalo e gato se entretêm com o *puzzle*, emitem pareceres díspares. Um deles opina que o problema é de etiqueta e se alastra devido às gafes clássicas da chancelaria; o outro entrevê na questão uma complexidade escolástica, já dissecada, aliás, pelo *escólio* que examina a relação custo-benefício — de que maneira passar um camelo pelo buraco da agulha? Tonto, atônito, quase desisto. Invoco a tempo o expedito Jaime, senão o Pai, o Tio da Mentira:

com exceção da verdade, pontifica, tudo tem saída. Suprimirei o indigesto parágrafo acima, portanto, na encarnação seguinte. Vamos adiante, o passado urge, ávido de novidades. Houve um tempo em que eu trocava, tranquilamente, a felicidade pela poesia. Daí a cisão perene com o duplo — você desperdiçou nossos melhores anos com essa frescura! Agora é tarde, contemporizo, com um risinho mordaz, vingativo. Ele é desses que encaram envelhecer como uma afronta pessoal, golpe covarde do destino — justo comigo? Por outro lado, seu otimismo inato, aliado à aversão mais inata ainda ao raciocínio, o leva a considerar a idade um epifenômeno, fugaz, efêmero, sem futuro — dia desses amanheço novinho em folha, aos vinte. Tudo não passou de um sonho ruim, como eu previa. Minha atitude é frontal, categórica, positiva: envelhecer é acumular, em vão, sabedoria inútil. O provérbio me parece digno de Confúcio; de ressaca, numa manhã aziaga, ressalva o concílio. A que vem esse inopinado concílio, que se outorga poderes monarcais risíveis, interpela o gato em sua peculiar forma afirmativa. Desagradam ao cavalo, livre-pensador arquetípico, complôs palacianos e tramas subterrâneas que complicam o percurso e esburacam a pista. Contrairá o censor partes nisso, implica. Até onde eu perscrute, trata-se de entidade mágico-estatal, uma dessas ongs de longínquas inflexões kafkianas, de acordo com os emissários shakespearianos do Ministério Público. O que a vincula, na letra e no espírito, ao Vaticano, ao tráfico e à indústria emergente da infraliteratura, em vídeo e outras mídias. O seu logotipo, originalíssimo, é o pôster do Che fumando charuto. Divinha, sim, militaria garbosa nesse concílio não fora o passado depravado e o presente demasiado casto, o que confunde as sinapses e desregula o metabolismo. O concílio é órgão público! Seja lá o que a metáfora despudorada signifique! Metáfora coisa alguma, paralogismo, o gato retifica. Hilária ou depressiva, dependendo da perspectiva, a verdade providencial ou vexatória há de ser dita — não sou o protagonista de minha própria autobiografia. Mal consigo vislumbrar-me, vulto ao fundo, andando e gesticulando em círculos.

O mundo do mundo

O pior de tudo é envergar a camisa do Flamengo. Ver novela e discutir política também não é mole. Ler jornal do ponto de vista do outro é exercício pitoresco, mas cansa. Cerveja não é ruim, mas aos baldes? Todo santo dia, encharca o espírito. No entanto, faço progressos. Vivo na expectativa, quase toda manhã, de ver o mundo finalmente transformar-se nele mesmo, pelo menos, em algo parecido. Há recaídas, é imperfeito o humano. Sinto que me aproximo, estou quase lá, prestes a dividir o mundo com todo mundo. Não ponho aqui o proverbial ponto de exclamação: seria vulgar. Já consigo, por exemplo, me contradizer com desenvoltura, sem maiores contrições lógicas, em coisa de meia hora. Estou no começo, não dá pra competir com eles todos, quase intocados pelo logos. Mas já me acontece perder o fio do raciocínio sem forçar a mão ao destino. Já não acho tudo tão confuso, os disparates e equívocos gritantes, públicos, seguindo de perto o curso da vida. A prática do bar, a imitação fiel de seus assíduos, enfim, o estudo sistemático do estilo anônimo universal dá seus frutos. Ascese árdua, porque cada um deles cultiva um solipsismo descarado. Só ao final da noite, se não se mataram antes uns aos outros, confraternizam numa constrangedora efusão de afetos conspícuos. Palavras desse jaez, há que bani-las, meu velho, aprenda a lição. Abraçam-se e segue a vida. Somos todos amigos, os inimigos espreitam em cada esquina. Mundo, vou me dando conta, é território bem circunscrito, por isso mesmo cabe todo mundo. Todas as mentes aspiram a ser uma só, que tal? Embora, segredo inconfessável, cada qual se ache perfeitamente único, com toda razão, concluo. Daí o futebol, a coisa mais íntima e pública: distingue as castas de modo categórico e irmana todos como Abel e Caim. Mistério raso, intacto, insolúvel. Parecido com o casamento, mas aí extrapolo, especulo, meto-me a julgar à maneira obsoleta. Velhos hábitos custam a morrer, rezam os oráculos. É o que pretendo desmentir graças à camisa do Flamengo, com a qual começo a simpatizar. Já rasguei três ou quatro em momentos cruéis de triunfo. Triunfo deles, entre os quais agora me incluo. A gramática é ferramenta inadequada à prática sadia da vida, inciso número um. Quando discutimos política, em caos amigável, as vozes se alteiam, se inflamam os ânimos, os absurdos se multiplicam, aí sim, na plenitude, tudo torna-se de fato ininteligível, impossível compreender coisa alguma. Tanto que exausto, com mal disfarçado júbilo, volto pra casa sem saber mais o que diga, o que pense, quem sou, em suma. Perderam-se nisso oito, nove horas, êxito existencial indiscutível. Apesar da ressaca, amanheço contente, a sensação de missão cumprida. Sou idêntico a meu semelhante, o estranho hostil. Às quatro da tarde, retornamos a celebrar nossos frutíferos desentendimentos de véspera, congregados em torno do episódio que confirma nossa extraordinária antevisão, pois não dizíamos ontem ainda que Heleno mataria Helena, ou ao contrário, na novela das seis, não, das nove, canalha que era, embora ela seja uma puta, o que não é razão para matar, ou seria? Agridem-se fraternalmente as opiniões, se acirram os ressentimentos e antagonismos, é uma festa sem trégua. As mulheres declaram enfáticas, puta tem mais é que morrer, os homens são cornos, por princípio, bem feito. Descartes exultaria, talvez não. Admito que guardo lá meus truques: ouço jazz no fone de ouvido enquanto toco alto para a vizinhança o pagode e o rock imprescindíveis. Pelo mesmo motivo, deixei crescer um bigode impersonalíssimo a par da simpática barriga de praxe. Componho assim o que, pelas costas, denomino minha *Bildung* às avessas, vou me desapessoando, tarefa muito mais complexa. Cuidado, ninguém nos ouça a ler em silêncio. O traste da biblioteca, herança de um primo maluco, está à venda no quarto de entulhos, onde me tranco para a fingida sesta merecida. Depois saio animado, jovial, ávido de companhia feminina a qualquer custo. É o que confidencio às más línguas. Desde que pra cá me mudei, incógnito, espalho em surdina pelos quatro cantos pistas falsas: teria tido um único grande amor perdido, desiludido, o que explicaria tudo. Antes o amor que eu: perdido, nem por aqui eu andaria! Sobra o sexo fortuito com flamenguistas, ensandecidas ou frígidas, conforme ditam os deuses subalternos de plantão. Manhã seguinte, voltamos a ser forasteiros, excelente companhia. Ser como todo mundo é enigma humano intrínseco. O sobre-estimado excêntrico não passa de um exibido. Ser diferente é parecer somente consigo, pura pobreza de espírito. O desafio é virar um vulgo distinto, ilustre, inconfundível. As palavras falam mais do que dizem, falastronas, nos desencaminham da via correta da vida. Há que usá-las aos esbarros, ao deus-dará, desperdiçá-las no melhor propósito, enquanto há tempo hábil, por exemplo. Assim nos vingamos da madrasta língua. Desde a minha conversão, procuro esquecer no mínimo dez por dia. O negócio é empregá-las em diversos e contrários sentidos, alegóricos, arredios, como é costume na *Urbis*. Pontificam, esclarecem tudo sem nexo, segundo o figurino. A política é, em definitivo, o modelo a seguir, tramoias escancaradas, cabalas à luz do dia. Desmoraliza-se a própria hipocrisia: envergonhada, ela se refugia nos prostíbulos, calculo. Gosto sobretudo das nuances escabrosas, das louváveis traições cínicas, as sórdidas mudanças de rumo a promulgar o interesse das perdidas causas públicas. De início, coitado, ficava perplexo, estarrecido, agora acompanho enlevado a elaborada sofística. Ora adoro, ora detesto, ao mesmo tempo desanco os grotescos personagens desses altos sonetos gongóricos que sem dúvida os inspiram. E também a nós, anônimos Protágoras de botequim. No geral, todos se dissociam unânimes da Razão Universal à qual nenhuma alma escapa. Eis a autêntica Babel: falamos juntos o mesmo dialeto estrangeiro, extinto, solidários na discórdia que nos afeiçoa e une. Felizmente, imaginem um mundo sensato, o despautério. Quem, em sã consciência, quereria morar em Utopia: é simples, despencaria no vácuo da primeira esquina. Compreendi isto demasiado tarde. Mas tomei providências drásticas, tanto que estou aqui, na frente da televisão, ostentando orgulhoso a camisa do Flamengo, a caneca de cerveja (em sigilo, guaraná) e o cigarrinho que finjo fumar pra depois reclamar da luta insana contra o tabagismo. Passarei assim à eternidade do comum olvido, única fama digna. Só faltava essa, a nomeada. Há que se precaver contra essas palavras que me saem às vezes de um inconsciente embrutecido por anos e anos de estudo. Repito, é imperfeito o humano. Todavia, não falharei à minha disciplina, tornar-me o que não sou, corrigir um destino mesquinho. Outra mania ridícula, insuportável arcaísmo, invocar o destino. Só existe o dia a dia e seus inescrutáveis desígnios triviais, chuva ou sol, alegre ou triste, morto ou vivo. Guarde bem isto. Persigo a preciosa sabedoria miúda, o incomensurável húbris: eis-me aí homem normal, cidadão em paz com sua consciência culpadíssima. Custei a notar esse aspecto flagrante na fisionomia de todo mundo, a euforia resignada que esconde o desespero profundo para o qual ninguém liga porque, se ligasse, o que adiantaria? Pobres estoicos, tanto trabalho inútil, como aliás os epicuristas. Dia virá em que não precisarei esconder debaixo do sofá a taça de vinho, em estado de graça, arranco a tíbia camisa tricolor sob a sagrada túnica rubro-negra. Talvez ficasse insossa a vida, uma lua sem a face oculta. Certa noite estrelada bebi o bastante para inferir que, na verdade, na verdade, inexistem flamenguistas: todos envergam por baixo o olímpico uniforme tricolor. O silogismo causou revolta e ira, se insurgiram ferozes os nativos contra o meteco desenxabido. Tive presença de espírito, perdoe-se tudo a um homem que tem o coração partido, para corno todo castigo é pouco, prega a bíblia. Consolaram-me com caridosas injúrias e ternos cascudos. O alívio é que todo dia começa de novo, sem memória, zerinho. Somem-se a isso as virtudes regeneradoras da mentira. A cerveja é o veículo ideal das ideias abstrusas, que logo se incorporam à plástica fluida da vida. A par com as profícuas discussões acerca da verossimilhança desmesurada das novelas, que exaltam os espíritos atentos às menores infrações à natureza incongruente da vida, os altos e baixos de suas uniformes idiossincrasias. A formulação está a preceito: o bom senso é hermético, inacessível, como o demonstram a religião e a política, por definição, estapafúrdias. Agora que chego aos poucos quase a compreendê-las posso, com autoridade, afirmar: são herméticas por instinto, pela familiaridade com o delírio comezinho das famílias. Gosto de assistir trechos da novela para depois, em serões intermináveis, exercer o raciocínio dedutivo e indutivo. Erro sempre, não acerto uma, prova que estou certo — é estreita a razão, não consegue pensar direito o que é, por natureza, curvo. A Douta Ignorância é mero paliativo elitista, quero ver é ir lá dentro, enfiar-se a discutir com eles o amor, a honra e a justiça e voltar pra casa sem ceder à tentação da loucura. Leva tempo adotar essa doutrina arejada, volátil, que não quer saber do que diz. Ao nomeá-la doutrina com tal pedantismo revelo quão longe me encontro ainda, vítima que sou da mania persecutória da coerência e da similitude. Recorro amiúde, junto à cerveja, às benesses da cachacinha, que ativa o entendimento estulto e ilumina o tortuoso caminho, consoante o existencialismo espontâneo da grande maioria. O universo é menor que o município, que é menor que o bairro, que é menor que a rua, onde reinam dois ou três botecos que abarcam o mundo. Frases assim lúcidas são raras nesses escritos clandestinos que por certo decretariam minha expulsão sumária da comarca. Tenho que fazê-lo de manhã cedinho, antes de acordar, ou tarde da noite, depois de dormir. Às dez em ponto, encontro-me a postos, cheio de gana, para a iniciação à verdadeira vida. Sem quixotismo, sóbrio, reinicio o aprendizado ímpar: personificar o vulgo. De tocaia, entreouço as soberbas falas de rua que desvelam o Ser sob a forma da aparência nua e crua, o Real que arrasta tudo consigo e, no entanto, nada tem a ver com isso. O Ser, no caso específico, passeia tranquilo por aí afora, na praça e na avenida, às vezes cochila, tira uma soneca vadia. Aí bate aquele mal-estar passageiro, perene, que a todos aflige. Reparem bem os passantes contritos a se agitarem em vão contra a dura realidade, a essa altura praticamente virtual! Brilha em suas faces a luz de um otimismo confiante que, a qualquer momento, se transforma em sombrio niilismo, sentimento edificante que regula o orgulho excessivo. O que, seja dito en passant, denuncia de novo minha aberração, depressa me corrijo, procuro me fortalecer por meio desse otimismo temerário que se faz acompanhar de perto pelo seu inimigo. Não lhe digo o nome (o azar, o infortúnio, a desdita) em respeito à soberana superstição, um dos fatores primordiais do progresso social e até metafísico. Observem a ironia, o tolo preconceito iluminista, desdenhar o atributo humano por excelência, a bela superstição, que instrui as almas, constrói carreiras e molda os destinos. É o que somos todos, supersticiosos até a medula, do princípio ao fim do dia, protegidos de pequenos deuses perversos que riem às nossas custas. De quando em quando, atiram ao acaso míseras esmolas que recolhemos ávidos, sortudos mais que qualquer um. Cada qual detém o segredo da fortuna: ser ele mesmo, daí a inveja inevitável dos outros todos, pobres desassistidos, por isto mesmo são apenas outros, encerremos aqui o assunto. A contraprova reside na redundante poesia romântica, alardeando o Eu que todo mundo sempre foi, será e é. A ele, o Eu presunçoso, permito-me apenas lembrar o velho adágio: ninguém é insubstituível! Hoje em dia, quem gostaria de ser um obeso e barbudo Victor Hugo? Doravante serei quem sou sem rebuços: fulano ou sicrano, dependendo do dia. Meus sonhos, por exemplo, já transcorrem por inteiro no inconsciente coletivo, feitos de mexericos, moda, mulheres nuas, esoterismo, decoração, culinária e astrologia, mixórdia pop sem vestígios de egocentrismo. Muitos deles, inclusive, seriam os sonhos do vizinho de cima, um vascaíno cético que vive às turras com a mulher e as filhas. Os dados que coligi, detalhes e pormenores, não deixam margem à dúvida. Me pergunto se o bravo homem, por sua vez, não sonha os meus ex-sonhos, o que em parte explicaria a fúria muda, atônita, que se estampa pela manhã em seu semblante. Os pesadelos impessoais são grandiosos, magníficos: versam sobre o tema palpitante, sempre na ordem do dia, do fim do mundo. Como qualquer pacato cidadão, detenho a certeza de que, pessoalmente, sobrevivo. Exista ou não exista, Deus não faria isso comigo. O bigode público opera nesse sentido preciso — acréscimo que diminui, fica-se menos visível, partícula íntegra do Grande Todo equívoco.

Tal qual a legendária camisa rubro-negra, símbolo profundo de sua própria aparência pífia, desprovida do menor simbolismo. Tudo tem o seu preço: no meu caso, três ou quatro linhas por dia de um best-seller de autoajuda. Depois do café da manhã, não podem ser engolidas de estômago vazio. Antes, neófito, buscava em vão o sentido oculto nas entrelinhas. Agora, circunspecto, limito-me a reconhecer meus limites. Por si só, a sentença límpida assinala os progressos de um estilo outrora pomposo e obscuro. Trinco os dentes e saio a murmurar o mantra, de hora em hora recito a lucrativa ladainha, as formidáveis platitudes de eficácia inegável: de imediato, transfiguro-me em homem feliz. Descartada, naturalmente, a hipótese atraente do suicídio. Por contraste, um boa-noite distraído, um grave bom-dia assumem feição controversa, multifacetada, a exigir considerações analíticas. O que, aliás, contradita meus esforços de estilo: basta da morbidez insípida do raciocínio. Tais linhas, iluminadas de visionário simplismo, pedem exatamente o oposto: um surto irreprimível de otimismo coletivo. E uma dose generosa de paranoia crítica. De boa índole, contudo, de utilidade pública. Ou não seria otimismo contagiante, saudável epidemia. Contradições são auspiciosas, bem-vindas, se não por que apelaríamos à autoajuda? Quem as procura, claro está, precisa de ajuda. Ademais, best-sellers têm algo de sublime: confirmam o curso indiferente do mundo. Tanto que posso lê-los abertamente, sem afronta, pudor ou desacato público. O resto, cabisbaixo, oprimido, leio às escuras. Há que vigiar-me, nada de citações bizantinas. Uma aura de desconfiança cerca minha pessoa, vinda do nada ao auge do anonimato, eterna suspeita de arrivismo. Aprecio cada dia mais os dias iguais, repetitivos, sobejamente vazios, a conversa fiada infinita, as desavenças e ódios súbitos, os pequenos êxtases e desvarios que caracterizam a rotina. Em resumo, a gloriosa pertença à História Universal da Esquina, que dispensa as idiotas placas comemorativas. Uma vez que me acho quase do outro lado, membro atuante do delírio comum, todo cuidado é pouco: paira a ameaça constante do ostracismo. É coisa de poucos eleitos, a beatitude do vulgo, a sabedoria do mundo do mundo.

NOTA DOS EDITORES

"Memórias Póstumas Jr." [publicado em *Serrote*, #6, nov. 2010, pp. 125-150];
"Perdidos no círculo" [publicado em *Floema, caderno de Teoria e História Literária*, ano IX, n. 11. pp. 225-250, jul./dez. 2015];
"O mundo do mundo" [publicado em *Cultura brasileira hoje: diálogos*. Org. Flora Süssekind e Tânia Dias. Rio de Janeiro: Fundação Casa de Rui Barbosa, 2018, pp. 539-542]

destinos...

Levei um susto. Passei a vida adulta a escrever poemas, críticas e ensaios sobre arte, nunca escrevi prosa. Uma manhã, como qualquer outra, começo a digitar compulsivamente no laptop um conto (há que chamá-lo por algum nome) acerca de um gato machadiano. Não sei de onde veio, muito menos para onde vai. Mas o apelo da escrita é irresistível, siga em frente, em frente. Num dado momento, tarde da noite, o computador, que nunca utilizo diretamente para poemas e crítica, morre. Como assim, tenho que parar? Parece que o texto pertence a ele e só a ele. Depois dos habituais e irritantes contratempos, ei-lo de volta intacto em um novo laptop. Constato, surpreso, que já somava quase dez páginas, uma escrita cerrada, sem parágrafos, espécie de retorno ao automatismo psíquico da minha adolescência tardiamente surrealista. Só que não é nada disso. Se alguma coisa, trata-se da antevisão de um futuro passadista. A cidade é a "imperial" e pedestre Petrópolis, onde nunca morei, sequer fui veranista assíduo; o estilo também me é estranho, rebuscado, arcaizante, e o gato, ora, nunca tive um gato. Gosto deles porque não são cachorros. Gosto mesmo é do cavalo. Machado, pelo menos, é companhia fiel de toda vida. Paira sempre ao redor, junto a Borges, Pessoa e outros poucos, a provar que, sem a poesia, o universo seria um erro. Nietzsche o teria dito a propósito da música. Ou foi Schopenhauer, quem sabe. Daí em diante, a intervalos irregulares, escrevi mais dois contos que talvez componham a sequência, a contrapartida ou a réplica ao primeiro deles. De novo, antecipam um futuro estranho a meu passado e ao presente. O importante é que antecipam: só vale aqui a escrita antecipatória, a que busca a si mesma a cada frase. É o único jeito de conformar, não, esboçar destinos. Neste volume, reunimos três deles. Naturalmente, falta o meu.

R. B.

...sonriendo de mis labios.
Cesar Vallejo

**CADASTRO
ILUMINURAS**

Para receber informações
sobre nossos lançamentos e
promoções envie e-mail para:

cadastro@iluminuras.com.br

Este livro foi composto em *Minion* e terminou de
ser impresso nas oficinas da *Meta Brasil Gráfica*,
em Cotia, SP, sobre papel off-white 80g.